# pages

7th COLLECTION

pages

7th COLLECTION

# 다시 보기

14명의 리뷰어

***review***

명사2. (책, 연극, 영화 등에 대한) 논평[비평]
동사2. (지나간 일을) 되새기다

‘pages’는 여러 사람의 ‘page’가 모여 완성된 책입니다. 매 권 특별한 소재와 주제(혹은 문장)와 장르 안에서 다양한 글을 엮어 만들어냅니다.

페이지스의 일곱 번째 이야기 ‘다시 보기’는 ‘리뷰’에 관한 이야기입니다.

# 목차

우리는 살아가며 무언가를 만나고 또 그만큼 무언가를 떠나보내게 됩니다.

가수 노을의 <전부 너였다>라는 노래의 가사에 "보낸다는 건 내가 가졌던 거겠죠"라는 구절이 나옵니다. 다시 보기는 한때 내가 가졌던, 그리고 지금은 떠나보낸 것들에 대한 기록입니다. (지금도 가지고 있는 것도 괜찮습니다.)

글을 의뢰할 때 작가님들에게 보낸 글은 아래와 같습니다.

1. 글이나 영화, 음악이나 옷 혹은 어제 산 화장품이나 머리핀에 대한 이야기도 좋고 (향후 문제의 소지가 있는) 지나치게 악의적인 글이 아니라면 지나간 인연(전 연인, 전 친구 등등)에 대한 글도 좋습니다.
2. 보편적인 언어보다는 자신만의 언어로 이루어진 글이었으면 좋겠습니다.
-> '노랑'보다는 '유치원 다닐 때 쓰던 모자와 같은 색' 같은 표현
3. 물론 소양을 마음껏 뽐낼 수 있는 전문적인 단어들로 그럴싸하게 쓰셔도 좋습니다. 다만 그럴 땐 각주를 꼭 부탁드립니다.

이렇게 모인 특별한, 그러면서도 지나치게 크지 않은 다양한 이야기들이 이 책에 담겨 있습니다.

이 책을 다 읽으신 분들은 노트를 꺼내어 자신만의 리뷰를 하나씩 써보시면 어떨까 합니다. 그 시간 동안 내가 살펴본 대상에 대해 한 번 더 생각해보고, 또 그 대상을 살펴보는 내 모습을 한 번 더 보게 되는 계기가 되었으면 좋겠습니다.

다시 본 당신은 어떤가요?
여전히 어제처럼 빛나고 있나요?

*review*
*1*

# 죽음 그 이후

**물고기머리(aka. 덕집장)**

십만덕후양병프로젝트. 본격덕질장려레이블 <더 쿠> 편집장. 쓸모없는 것들을 모아 책으로 만들고 있다. 수집에 일가견이 있지만 그렇다고 진귀한 것을 모으지는 않는다. 늘그막에 빠진 넷플릭스로 인생의 상당한 시간을 낭비 중이다.

**몇 년 전에 꾸었던 꿈을 바탕으로 글을 작성하였다. 이 글은 그 꿈에 대한 리뷰이다.**

인간은 누구나 다시 태어난다. 그리고 다시 태어나기 위해서는 한 번 죽어야 한다. 나 또한 한 번 죽었기 때문에 다시 태어날 준비를 하고 있다. 죽기 전에는 생후나 환생에 관한 생각을 할 필요가 없었다. 그렇지 않은가? 누가 죽고 난 다음을 걱정하는가? 살아가기도 팍팍한 세상에. 천국일지 지옥일지 혹은 과자 집으로 된 곳일지 알 수 없는 죽음 이후의 삶을 굳이 추측하며 걱정하는 이는 없을 것이다. 하지만 막상 죽고 나서 후생이 존재하는 것을 깨달으니 남는 것은 두려움뿐이다. 내가 바퀴벌레로 태어나면? 내가 피나 빨아 먹는 모기로 태어난다면? 흙수저로 태어나면? 물론 그렇게 되더라도 팔자려니 해야겠지만.

내가 서 있는 줄이 점점 줄어들고 있다. 아, 이 줄은 후생으로 가는 줄이다. 정확히는 어떤 곳으로 가는지 알 수 없지만, 직감이 말해주고 있다. 동물적인 감각으로. 이 줄을 따라가면 무언가로 환생이 되는구나 하고. 줄 서는 것을 선천적으로 싫어한 까닭에 놀이동산에 가면 늘 질겁을 했었다. 심지어 줄 서기가 귀찮아 놀이기구 타는 것을 포기하기도 했었다. 냉면 맛집을 고생고생 서치해서 찾아갔다가 긴 대기줄을 보고 그 옆 떡볶이집에 들어간 적도 있었다. 아 싫다. 줄 서는 것. 심지어 대기 줄이 줄어드는 간격이 짧지 않다. 시계가 없어 시간을 잴 수 없으니 입으로 대강 재보기로 한다. 하나. 둘. 셋. 넷……. 삼백쯤 세었을 때 이게 무슨 의미가 있냐는 생각이 들어 그만 세보기로 하였다. 어쨌든 5분 이상은 걸린다는 말이다. 신기한 것은 죽어서인지 오래 대기해도 다리가 아프거나 허리가 땅기지는 않는다는 것이다. 이게 초인이라는 건가? 킥킥. 초인이라니. 이렇게 오글거리는 단어를 생각하고 낄낄대는 내가 한심하다. 일단 줄 서는 것에 익숙해지니 주변이 보인다. 내가 죽고 나서 처음으로 마주한 공간. 하얀 벽으로 된 복도이다. 복도의 폭은 성인 3명 정도가 누울 수 있는 길이이다. 하얀 벽에 뭔가 오돌토돌 나 있는 것 같은데 무엇인지 만져볼 수가 없다. 저걸 만져보려면 줄에서 이탈해야 하는데 일단 이탈이 가능한지가 미지수이고, 혹시나 이탈했다가 제자리로 돌아오지 못하고 줄의 맨 끝으로 가게 된다면 최악이다. 아 생각만 해도 끔찍하다. 이 긴 시간을 또 기다려야 한다는 것이잖아? 원래 줄이라는 게 그렇다. 둘이 서 있으면 시답잖은 옛날이야기, 친구 뒷담화, 가정사, 반려동물 이야기, 끝말잇기 등으로 지루함을 이겨낼 수 있지만 혼자 서 있으면 무언가를 할 수가 없다. 오로지 앞사람 뒤통수만 봐야 할 뿐. 덕분에 난 꽤 오랜 시간 앞 사람 뒤통수를 보고 있었고, 가마 두 개에 흰머리가 희끗희끗한 남성의 두피까지 체크할 수 있게 되었다. 까만 정장을 입고 어깨에는 하얀 비듬이 듬성듬성 떨어져 있는 그는 어떤 연유에서인지 마네킹처럼 움직이지 않고 있다. 이곳에 오자마자(오자마자라는 표현은 애매하다. 죽음을 인지하자마자 난 줄을 서고 조금씩 앞으로 움직이고 있었으니) 앞사람의 어깨를 두드려보고 말도 걸어봤지만 그는 대답하지 않았다. 뒤를 돌아 사람들을 쳐다봐도 무표정하게 앞만 멍하니 바라볼 뿐이다. '왜 나만 이렇게 활달하게 움직일 수 있는 거지?' 생각해보다가 포기했다. 이 줄에서 무언가를 생각하기란 쉽지 않다. 스르륵 하며 줄이 짧아지는 소리, 앞사람의 머리통,

좁은 복도, 하얀 배경. 모든 것이 비일상적이기 때문일까? 어쨌든 줄은 계속 줄어들고 나도 한 걸음씩, 매우 조금씩 이동하고 있다. 끝에 가면 뭐라도 있긴 있겠지.

몇 시간 혹은 며칠이 지났을까? 무언가를 생각할, 무언가를 고민할 겨를도 없이 시간이 흐른다. 처음 왔을 때는 많은 고민을 했던 것 같은데 이제는 고민할 기력도 없다. 가끔 내가 무엇을 하고 있는지 무엇을 보고 있는지 헷갈린다. 하얀 벽과 비정상적인 상황이 나를 미치게 만든다. 말을 걸어도 대답 없는 앞뒤 사람이 나를 미치게 만든다. 그러고 보면 나는 집에 있는 것을 좋아해서 방학이 되면 늘 내 방에만 있었다. 늘 집에만 있다 보니 선후배 동기들이 가끔 불러내도 전화를 꺼놓거나 아픈 척을 해야만 했다. 그때는 침대에 누워 하루를 시작했고 일상의 절반이 와우(월드 오브 워크래프트)였다. 아… 와우. 텔레비전에서 한 가수가 하는 것을 보고 따라 시작했었지. 그 가수를 꽤 좋아했었거든. 그 아이디는 어떻게 되었을까? 꽤 고가 아이템들을 많이 가지고 있었는데. 그 게임 사이트에 접속을 안 한 지도 몇 년 된 것 같은데... 휴면 아이디가 되었을까? 이럴 줄 알았으면 취업이 되기 전에 아이템만 싹 모아서 파는 건데…. 하긴 지금 이 시점에서 그 아이템을 팔았으면 어떻고 안 팔았으면 어떤가? 아무튼 늘 집에만 있다 보니 말 자체를 안 하게 되었는데 그다지 답답함을 느끼진 못했다. 게임 속에서도 대화를 할 수 있었으니 말이다. 하지만 지금 이 줄을 서 있는 한없는 시간 앞에서는 답답함을 느낀다. 죽을 것 같다. 누구라도 내 말에 대답해주었으면 좋겠다. 혼잣말로 버티는 것도 한계가 있다. 그나마 다행인 것은 혼잣말을 해도 아무도 미쳤다고 보질 않는 것이다. 그냥 멍한 눈동자로 허공을 바라보는 사람들만 있을 뿐. 아 지루하고 지루하다. 끝이 보이지 않는 이 줄은 어디에서 끝나는 것일까? 나는 무엇으로 환생이 되는 것일까?

이젠 내 이름이 기억나지 않는다. 몇 달이 지났을까? 몇 년이 지났을까? 멍하다. 이제는 어떤 생각도 들지 않는다. 줄이 줄어들면 그저 앞으로 움직여야 한다는 것, 이를 반복해야 한다는 것, 그저 그것뿐이다. 그냥 앞으로 쭈욱 가서 어떤 곳에 다다르면(예상으로는 문 같은 것이 있지 않을까 싶다) 다시 태어날 것이다. 그래서 가야 한다. 이런 생각만 지속해서 들 뿐이다. 내가 살아 있을 때 어떤 사람이었는지, 어떤 지인들이 있었는지 희미하게 기억이 나지만 잔상들만 뇌 안에 맺혀 있는 느낌이다. 흐릿흐릿한 이 기억들이 언제까지 갈 수 있을지 모르겠다.

얼마나 되었는지 모를 시간이 흘렀다. 이제는 생각이라는 것이 무의미하다.

또 시간이 흘렀다. 반복과 반복. 반복과 반복 또 반복과 반복. 앞에 빈 곳이 생기면 움직인다. 앞에 빈 곳이 생기면 움직인다. 앞에 빈 곳이 생기면 움직인다.

............. 스르륵.......... 저벅............. 스르륵.......... 저벅............. 스르륵.......... 저벅

"오늘 온 환생자인가? 기억이 깔끔하게 지워졌군."

한 노인이 복도에서 걸어온 청년을 맞이한다. 청년은 멍한 눈으로 입을 오물오물하며 무언가를 말하지만 잘 들리지 않는다.

"자 이름이… 어디 보자… 김… 원. 1984년생. 1324번째구만. 그럼 다시 1984년 태어났을 때로 영혼을 보내볼까나? 이제 기억과 감정은 깔끔하게 지워진 것 같으니."

노인의 손이 청년의 머리에 닿자 청년의 몸은 환하게 빛나기 시작했다. 빛은 처음엔 청년의 몸 주위에서 빛나다가 어느새 방 안을 가득 채우기 시작했고 빛이 사그라들 때쯤 청년은 온데간데없이 사라졌다.

"인간이란 재밌단 말이야. 죽음 이후에 다른 존재로 태어날 것을 상상한단 말이지. 하지만 그런 것은 존재하지 않아. 결국 다시 영혼을 정화해 태어났을 때로 돌려보낼 뿐이지. 늘 같은 인생을 사니 가끔 뭔가를 이전에 경험한 것 같은 착각을 받기도 할 테고. 인간 언어로 그런 걸 데자뷰라고 하던가?"

노인은 잠시 말을 멈추었다 다시 이었다.

"결국 인간이란 정해진 시나리오를 영원히 반복해야 하는 불쌍한 연극배우 같은 존재일 뿐이지."

*review*
*2*

# 편지를 읽으며 생각한, 사랑

구보라

보고 듣고 씁니다.
부드러우면서도 단단한 사람으로 살아가고 싶습니다.

지하철에서 내려 집으로 걸어가는 길. 라디오를 다시 듣고 있었습니다. 진행자와 게스트가 어떤 글을 낭독했어요. 일본의 작가 사노 요코와 미스터 최, 두 사람이 40년 동안 주고받은 편지가 수록된 『친애하는 미스터 최 - 사노 요코가 한국의 벗에게 보낸 40년간의 편지』(사노 요코, 최정호, 남해의 봄날, 2019)라는 책의 한 구절이었습니다. 흥미로워서 읽었다가 (여러 가지 당시 사정으로) 완독하지 못했던 책이라, 반가운 마음으로 기대하며 듣기 시작했어요.

"미스터 최, 당신은 저에게 끝없는 기쁨과 슬픔을 줍니다. 죽은 오빠 다음으로, 저는 멀리 있는 미스터 최를 사랑했습니다. (중략). 저는 죽을 때 미스터 최를 사랑했기 때문에 제 인생이 아름다웠다고 생각할 겁니다. 불행할 때도 저에게는 이 세상이 아름답습니다. 그것은 미스터 최를 '사랑하게 해주신' 덕택인 것 같아요."

'사람이 사람에게 이런 마음을 담아서 편지를 쓸 수도 있구나' 하는 생각이 들었습니다. 사거리에서 신호를 기다리며 멈췄습니다. 그때에도 편지 낭독은 이어졌습니다. 열심히 낭독을 들었죠. 그때 저의 시선은 맞은편 마트 출입구에 쌓인 생수와 쌀, 과자들 등에 향해 있었고요, 그런데 편지를 듣다 보니 저를 둘러싼 현실이 다소 생경하게 느껴졌습니다. 현실감이 사라지는 기분이 들었달까요? 이렇게 애틋한 마음으로 누군가를 사랑하면서 살아가는 게 누구에게나 가능한 일은 아닐 텐데. 그런 대상을 만났고, 그 누군가를 생각하고, 아끼고, 그 사람에게 자신의 그 마음을 표현할 수 있다는 것…….

많은 생각이 스쳤습니다. 앞서 인용한 편지를 보고 두 사람이 연인 사이일 거라고 생각할 수도 있을 텐데요, 두 사람은 친구였습니다! 편지들이 너무 궁금해졌어요. 다음날 당장, 『친애하는 미스터 최』를 구입해서 다시 읽기 시작했어요. 처음부터 끝까지. 베를린 유학 시절 처음 만나서 밤새 이야기를 나눴던 순간들, 그 이후로도 편지로 안부를 주고받고, 가끔씩은 일본 등에서 만나기도 했던 이야기들이 담겨 있었어요. (서로에게는 남편과 아내, 자식들도 있었고요. 서로의 배우자들과 같이 만나기도 했습니다.)

거의 마지막으로 주고받은 편지에서 사노 요코는 '제가 최정호 씨 친구라는 사실은 인생의 큰 기쁨이었습니다. 믿어주세요.'(1997.5.16.)라고 적어두었습니다. 당신의 친구였다는 것 자체가 인생의 큰 기쁨이었다니, 책을 읽으면서도, 책을 덮으면서도 저는 이 마음이 너무 아름답다고, '이 마음도 사랑이네'라고, 생각했어요. 너무나 인상 깊었고, 애틋했어요.

그러다 <그녀>(스파이크 존즈, 2013)가 겹쳐 떠오르더라구요. 인공지능 운영체제인 사만다와 사람인 테오도르가 사랑에 빠지는 그 영화요. 많은 분들이 봤던 영화죠? 2014년에 개봉했을 때에 한 번 본 영화였어요. 마침, 며칠 전부터 다시 보고 있었거든요. 주인공 테오도르는 OS인 사만다와 사랑에 빠져요. 둘은 끊임없이 대화를 하죠. 사실, 그들이 할 수 있는 건 대화뿐이긴 하지만요. 대화가 너무 잘 통합니다. 사만다는 테오도르의 말에 귀 기울이고, 그를 있는 힘껏 이해합니다. 테오도르는 아내인 캐서린에게서 받았던 슬픔이나 상처를 조금 극복하기도 하죠. 사만다를 사랑하고, 사만다와 이야기할 때 늘 웃고요. 그러나 사만다는 인간이 아니니까, 테오도르와 만날 수 없습니다. 인간이 아니기에 사람끼리의 교류와는 다른 방식으로 소통합니다. (동시에 수백 명과 대화를 하고 사랑도 하죠.) 그 사실을 알고 테오도르는 충격을 받습니다. 그리고 사만다는 떠납니다. 서로가 다른 세계에 있기에 어쩔 수 없다고, 또 다른 세계에서 다시 만나자는 말을 남기고 떠납니다.

사노 요코와 미스터 최는 어땠을까요? 물론 그들은 다른 나라에 있었지만, 만날 수는 있었습니다. 가끔씩 왕래를 했죠. 그는 친구인 미스터 최를 아주 마음 깊이 존중하고도 사랑했습니다. 친구로서 그에게, 나는 당신의 사랑은 바라지도 않는다고, 그저 살아 있어 줘서 고맙다고, 계속 살아 있어 달라고 합니다. 그 마음을 온전히, 잘 헤아리기는 쉽지 않지만, 사노 요코와 미스터 최 사이엔, '연인'이라고 규정되지 않아도 둘 사이를 잇는 어떤 끈이 있었던 건 분명해 보입니다. 벨 훅스가 말한 '진정한 사랑', '영혼과 영혼의 연결'이 이를 의미하는 것 같아요.

'우리는 평생을 살면서 여러 사람과 '마음과 마음이 연결'되는 사랑을 경험한다. 하지만 '영혼과 영혼이 연결'되는 진정한 사랑은 경험해보지도 못한 채 무덤으로 가는 경우가 대부분이다. 그런데도 많은 사람들은 이것이 슬픈 일인지조차 모른다.'

사노 요코와 미스터 최에게는 서로가 그런 존재였겠죠.

<그녀>에서 테오도르에게 '진정한 사랑'이란 물리적으로 만날 수 없는 사만다가 아니라, 그의 아내 캐서린이었을까요? 사만다가 떠나고 테오도르는 자신이 캐서린을 얼마나 사랑하는지 그제야 깨닫고 편지를 씁니다. 그는 캐서린에게 자신의 감정을 제대로 표현하지 않는 사람이었어요. 직업으로서 다른 이들에게는 대필 편지를 수없이 많이 써왔지만, 정작 자신이 정말 사랑하는 사람에게 편지를 쓰고 보내기까지는 참 많은 시간이 걸린 거죠. 테오도르는 캐서린을 떠올리며 "그렇게 성숙해가는 걸 보며 함께 성장하고 변해왔지. 그래서 더 힘들어. 함께 성장하다 멀어지고 상대가 없어지면 두려워지지. 난 아직도 속으로 그 사람하고 얘길 나눠. 싸웠던

걸 다시 생각하며 나에 대한 비난에 방어하지."라고 말한 적이 있는데요, 두 사람은 함께 살고, 각자 조금은 다른 속도로 성장했어요. 그러다 보니 서로를 이해하는 폭에 차이도 생기고, 부딪칠 수밖에 없지 않았을까요? '당신이 어떻게 변하든, 이 세상 어디에 있든 내 사랑을 보내. 언제까지나 당신은 내 좋은 친구야. 사랑하는 테오도르가.' 테오도르가 캐서린에게 쓴 편지의 마지막 문장입니다. 테오도르가 다시 캐서린과 재회하는 게 아니더라도 앞으로는 다른 누군가와 만날 때 감정을 좀 더 표현하고, 서로가 다르기에 생기는 여러 부딪침들을 겪어가며 관계를 이어갈 것 같다는 생각이 들었어요.

테오도르가 쓴 대필 편지에 있는 글도 매우 인상적이었어요. '집에 오면 그날 있던 일 들려줄래? 말 많다던 동료 얘기며, 점심 먹다 셔츠에 얼룩 묻힌 얘기며, 잠에서 깰 때 떠올랐다 잊어버린 재밌는 생각이며, 사람들 미친 짓 이야기로 같이 웃어도 좋고, 늦게 퇴근해서 내가 자고 있어도 그날 했던 생각 짤막하게라도 속삭여줘. 당신의 눈으로 보는 세상이 좋아. 곁에서 당신의 눈을 통해 세상을 바라볼 수 있어 참 행복해. 사랑하는 마리아가'. 의뢰받아서 쓴 편지이긴 하지만, 테오도르가 생각하는 사랑이 담겨 있는 듯했어요.

이렇게 함께 땅을 딛고 살아가면서 서로가 바라본 세상에 대해서 직접 눈 마주치면서 이야기 나눌 수 있는 것, 그게 사랑인 것 같아요. 나란히 앉을 수도 있고, 서로 만질 수도 안을 수도 있는 그런 사랑. 서로의 본질을 알아봤지만 거리를 두고서 편지나 전화를 주고 받는 '친구'라는 사이에서만 전해지는 마음과는 다른, 사랑요. 그래서 저는, <친애하는 미스터 최>를 무척이나 감명 깊게 읽었음에도, '그 두 사람이 연인이었거나 함께 사는 가족이었다면 어땠을까?' 하는 생각이 계속 들었어요. 계속 마주하다 보면 분명 불협화음이 생길 수도 있고, 서로의 안 좋은 모습을 볼 수도 있을 거예요. 함께하다 보면 좋은 모습만을 보여줄 수가 없겠죠. 그러나 그러면서 서로를 더 이해하게 되고, 나아가 스스로도 더 이해할 수 있게 된다고 생각해요.

아마 "오랜 시간 연인으로 지내거나, 부부로 함께 살거나 하다 보면 그렇게 깊이 애틋하게 사랑하는 일은 별로 없어"라고 제게 말하고 싶기도 하겠죠? '별로 없을' 수도 있지만 저는 있다고 생각하고, 그렇게 살고 싶은걸요. 그러니 굳이 제게 그런 말은 안 해도 괜찮습니다. 서로가 서로에게 존재하는 것만으로도 힘이 되어주는 사이, 나 자신으로서 더 살아갈 수 있게 만들어줄 수 있는 사이도 있을 테니까요. 『D에게 보낸 편지 - 어느 사랑의 역사』(앙드레 고르, 학고재, 2007)라는 책에는 앙드레 고르라는 사상가이자 언론인이 아내인 도린에게 쓴 편지가 가득합니다.

이 글을 쓰면서 3년 만에 다시 읽었어요. 60여 년을 함께 살아온 그들의 삶을 다 이해한다고 할 수는 없겠지만, 그들의 사랑을 볼 수 있어서 읽는 것만으로도 행복했습니다. 그만큼 마음도 많이 아팠어요. 불치병에 걸린 도린의 건강이 계속해서 악화되었거든요. 아내가 떠날까 봐 괴로워하는 심정이 고스란히 적혀 있는 부분을 읽을 땐 눈물이 날 뻔했어요. 그러나 읽던 장소가 지하철이어서 눈물을 눌러 담았습니다. 아름다운 사랑 이야기입니다. 소설이 아니라, 실재했던 사람들의 이야기죠. 제가 이제껏 읽었던 사랑 관련 책 중에서 가장 아름다워요. 아마도 두고두고 다시, 읽어볼 것 같습니다.

편지들이 담긴 책과 영화를 다시 보면서, 저에 대해

서, 사랑에 대해서 다시 생각해볼 수 있었어요. 이 글을 읽는 분들에게도, 저의 글이 그런 시간을 잠시나마 만들어줄 수 있을까요?

*review*
*3*

# 분가 생활의 몇 가지 단상

김나연

<모든 동물은 섹스 후 우울해진다>를 썼습니다.
여전히 회사에서 글을 쓰며, 다음 책을 준비합니다.

독립한 지 이제 100일이 넘었다. 학업이나 일 때문에 타 지역으로 내려가 가족과 떨어져 산 적이야 있어도 이렇게 서울 안에서 딴 집에 혼자 살림을 차리고 사는 건 이번이 처음이라 가슴이 부풀었다가도 과연 해낼 수 있을까하는 두려움에 금세 풀이 죽었다. 우리 엄마가 빽하면 그러셨거든요. 니년은 그렇게 게을러가지고 혼자 살 수 있을 것 같으냐고. 차려주는 밥 먹고, 다 개어다 주는 빨래 입으면서 니가 퍽이나 혼자 살겠다고. 평상시에 아무리 엄마 말을 안 듣는 나라고 해도 이런 저주 같은 이야기는 괜히 마음에 남아서 내가 정말 그렇게 형편없는 인간이면 어쩌나 싶어진다.

헌데 웬걸. 지난 석 달 동안 어지간해선 끼니도 굶지 않고, 청소도 게을리하지 않아 물자국 하나 없는 수전을 유지하면서 산다. 오늘 문득 며칠 전에 집들이 한다고 만든 갈비찜을 데워 먹다 엄마가 했던 말이 생각나 코웃음을 쳤다. 우리 엄만 청소를 할 때 단 한 번도 화장실

수전을 닦은 적이 없었으니까.

내가 생각보다 살림을 잘 해놓고 산다는 점에 대견함을 느끼는 것도 신기하지만, 그에 더해 가치와 의미를 새롭게 발견한 생활의 이모저모도 많다.

**1) 장조림**

집 나오고 거의 매일, 매끼 직접 차려 먹고 있다. 내가 입이 짧은 게 죄이지만, 어제저녁에 먹은 걸 오늘 점심으로 또 먹긴 좀 그래서, 혹은 저녁에 손님이 오기로 해서 새로운 반찬을 하고 또 한다. 게다가 이마트가 도보 8분 거리에 있어서 산책에 나섰다가도 정신 차리면 어느새 마트 안이다. 여느 때처럼 싸게 나온 식재료가 없나 두리번거리다 근육이 탄탄하게 잡힌 홍두깨가 싸게 나왔길래, 기름기 없이 길게 찢어진 장조림을 해 먹어야겠다 싶어진 것.

최애 반찬 한 가지만 꼽아보라고 하면 당연코 장조림이다. 한 입에 넣으면 뭔가 아쉬운 메추리알 말고 단단하게 삶아 묵직하고 표면이 반질반질 매끈한 달걀을 넣은, 돼지고기 말고 소고기 장조림. 어려서는 장조림만 두고도 밥 한 공기는 뚝딱이었기에 나에게 장조림은 가장 익숙한 맛이면서 가장 그리운 맛이고 질리지 않는 맛이다. (아무래도 나는 소금보단 간장으로 간을 잡아주는 음식이 좋다. 간장은 소금보다 깊고 복잡한 짠맛이 난다. 간장은 소금보다 일단 종류도 더 많고, 그만큼이나 다양한 맛을 한꺼번에 느낄 수 있다. 달큰한가 하면 씁쓸하기도 하고 구수하면서도 새콤하다.)

일전에 한식을 전공했다는 종길 선생님을 찾아가 장조림은 만들기 어렵냐고 물어봤다. 모든 재료를 길이와 폭 맞추어 자르고 가지런히 장식하는 구절판에 비하면 장조림은 훨씬 쉽다는 말에 용기를 얻어 고기 조금과 삶은 달걀 10개로 장조림에 도전했다. 중간중간 이 맛이야 저 맛이야? 하면서 간을 헤매긴 했지만 결과적으로는 성공. 무척 맛있게 잘 먹고 있다. 늘 먹는 간보다는 살짝 짜지만, 그래도 반찬이니까 괜찮아, 하며 밥을 두 공기씩... 먹고 있다....

맛은 있지만 그래도 어려서 외할머니나 이모할머니가 해주시던 그 맛은 안 난다. 할머니들의 레시피가 궁금한데, 그 핑계로라도 연락할 할머니가 한 분도 남아 있지 않다는 게 여전히 실감이 나지 않는 식사 시간.

**2) 28cm의 웍**(Wok, 중국요리 할 때 주로 쓰는 팬으로 일반적인 프라이팬보다 넓고 깊다.)

집 나가겠다 선언하고 계약까지 하고 왔더니 집에서 거의 뭐 불효막심한 쌍년 취급을 받았다. 그래도 어쩌다 한 번씩 엄마의 걱정 어린 관심을 받을 때가 있었는데, 그때 사랑(?)의 징표로 받은 것이 28cm짜리 웍이다.

28cm라고 하면 감이 잘 안 오겠지만 키가 170cm가 넘는 성인의 손목에서 팔꿈치까지 길이에 2~3cm를 더하거나 빼면 웍의 지름이 된다. 그리고 깊이는 10cm쯤 되니 반 뼘 정도다. 그러면 물이 한 2L 좀 넘게 들어가려나? 떡볶이 한 8인분은 할 수 있을걸? 혼자 밥 해 먹고 사는 사람은 닭도리탕을 끓일 게 아니면 거의 필요 없는 사이즈의 조리 도구인 셈이다. 그렇다고 생각했다.

우리 집 식구들은 아무도 안 먹는 식재료를 사다 지지고 볶는 건 열아홉 때부터 혼자 질리도록 해서 음식 1인분의 사이즈를 아는 나는 굳이굳이 그 웍을 손에 쥐여주는 엄마에게 살짝 짜증을 냈다.

아니, 혼자 사는데 이렇게 큰 웍이 필요할 일이 뭐가 있겠느냐고. 집도 조그마한데 이걸 얻다 둬.

엄마는 그래도 모르는 일이라며 같은 크기의 프라이팬까지 이삿짐에 얹으려 하기에 한사코 거절하며 그럼

웍만 가져가겠다고 묵직한 쇳덩어리를 집어 들었다.

그리고 you know what? 엄마가 억지로 들려 보낸 그 거대한 웍은 내가 지금까지 가장 자주 꺼내 쓴 조리 도구 중에 하나다. 내가 손이 큰 것도 아닌데 도대체 이 웍은 왜 이리 그릇장과 가스렌지 사이를 분주히 오가는가 생각해보니 내가 집에 자꾸 사람을 불러들여서 그런 거다. 집들이 명분으로 나의 외로움을 달래고자 바쁜 친구들을 불러다 상을 차리면 밥이든 반찬이든 최소 4인분 정도는 준비해야 하니까 결국은 본가에서 쓰던 사이즈의 조리 도구들이 필요했다. 엄만 내가 외로워서 요리를 한다는 걸 이미 알고 있던 건가?

다시 한 번 엄마가 맞았다. 좀 존심 상하네.

### 3) 세탁기

내가 집을 나오기 일주일 전, 본가 세탁기가 고장났다. 몇 번째 고장인지 모르겠다. 수리 기사님이 오실 때마다 습기 때문에 기판이 녹슬어서 그렇다는데, 아니 물로 돌아가는 가전제품이 습기 때문에 고장이 이리 자주 난다고 하면 그건 그냥 기계를 잘못 만든 게 아닌가? 그렇다고 수리비가 저렴한가? 절대 아니다. 고장이 날 때마다 메인보드를 갈아야 한다고 해서 출장비까지 포함해 13만 원가량 들었다. 그건 누가 내? 내가 내. 하 씨.

내가 가장 싫어하는 은은한 꽃무늬가 몸체 사면에 수놓인 대우 세탁기는 우리가 그 눅눅한 집으로 이사 가던 2010년에 이모가 사준 것이다. 당시에 한 30만 원 주고 샀던 걸로 기억한다. 10년 전에 30만 원이면 사실 저렴한 세탁기는 아니었다. 왜냐면 내가 이번에 분가하면서 산 12kg짜리 LG 통돌이 세탁기가 36만 원이었으니까.

그럼 가격 대비 성능이 좋았느냐? 그건 또 모르겠다. 흰 셔츠를 빨면 손목이나 목깃에 때가 잘 지지 않을 때가, 잦았다고 쓰려다 생각해보니 한 번도 완벽하게 깨끗했던 적이 없었네. 아니면 30만 원의 성능은 딱 거기까지이거나. 게다가 탈수가 시작될 때는 하도 덜덜덜 굉음을 내며 떨어대서 곧 화장실 문 앞까지 진격하는 게 아닐까 의심스러울 정도였다.

그런 세탁기를 10년 썼다. 내가 기억하는 것만 세도 적어도 3번은 수리를 했으니 수리비가 세탁기 가격보다 더 나왔던 것.

어차피 나는 곧 출가외인이 될 터이니 이번엔 동생이 세탁기를 사기로 했다. 동생은 이번에도 대우 세탁기를 선택했다. 동생 예산에서 살 수 있는 동급 동량의 세탁기는 하이얼 아니면 대우였을 텐데, 하이얼을 사긴 찜찜하니 대우를 골랐겠지. 새로 올 세탁기 친구는 2010년생에 비하면 좀 덜 시끄럽고 안정적인 것 같긴 하다만 글쎄 뭐, 난 그 세탁기를 한 번밖에 못 쓰고 집을 나왔으니 성능이나 안정성은 제대로 알 수가 없다.

지금 내가 살고 있는 사슴의 집에는 12kg LG 세탁기가 있다. 용량이 큰데도 사이즈는 앙증맞아 뚜껑이 안 열린다는 둥, 수도꼭지가 어쨌다는 둥 하는 소리[1] 를 듣지 않아도 될 만큼 앙증맞다.

세탁기는 10년씩도 쓰는 물건이니 꼭 삼성이나 LG를 사라던 주변의 조언대로 이틀 만에 골라 사흘 만에 배송받은 나의 LG 세탁기는, 믿기지 않을 정도로 조용하고 침착하다. 세탁기란 게 소음 없이 상하좌우로 들썩거리지 않으며 제 할 일을 묵묵히 해낼 수 있는 기계였단 말인가, 매번 놀라면서 어디 남은 빨래가 없나 두리번거린다. 자꾸 돌려보고 싶다. 그리고 고요하게 돌아가는 세탁기를 볼 때마다 본가에 있던 그 낡은 대우 세탁기를 떠올린다. 별 기능도 없으면서 빽하면 기판이 나가고 버튼이 눌리지 않아 모든 옷감을 표준 코스로 돌려야만 했던 대우 통돌이 세탁기. 멍하니 통 돌아가는 모습을 보고 있자면 10년간 기술이 발달한 것인지, 아니면 10년 전에도 LG 세탁기는 이랬던 것인지 궁금해진다. 대우가 최선이었던 우리 집은 앞으로도 대우를 선택할 수밖에 없는 생활이 계속되는 한 이 고요한 세계와는 분리된 채로 살아야 하는 것이겠지.

난리법석 떨지 않으면서 의젓하게 제 할 일을 하는 (심지어 셔츠의 때도 잘 지워짐. 근데 이건 내가 산 고오급 액체 세제[2)]의 세탁력인 건가? 내 세탁기를 볼 때면 죄책감 비슷한 마음에 가슴 한편이 뻐근해진다. 이걸 나 혼자만 알아도 되는 건가. 이런 편리한 세상을 우리 가족은 모르고, 나만 누리고 살아도 되는 걸까.

세탁기가 뭐라고 이런 생각까지 드나 싶다가도, 혼자 비싼 세제 들여놓고, 워런티 10년 보장해주는 브랜드의 백색가전을 이틀에 한 번씩 돌리며 신나하니, 언제나처럼 가족 구성원으로서의 자아와 사회적 자아가 양극으로 찢어지고 있다는 기분이 든다. 가족의 계층과 나 개인의 계층 사이에는 이제 큰 괴리가 존재한다. 학력에서부터 조금씩 벌어졌던 간극은 이제 생활의 아주 작은 구석으로 번지고 있다. 소득은 물론이거니와 관심 가지고 지켜보는 분야, 좋아하는 TV 프로그램, 외식할 때

고르는 식당과 메뉴, 듣는 음악, 사용하는 단어, 매일같이 쓰는 그릇이나 가재도구, 살림살이, 가전제품까지, 교집합이 점점 줄어든다. 거의 모든 방면에서 나는 가족과 거리를 두려 했다. 그 집에서 벗어나지 않으면 나의 잠재력이란 거기가 끝일 것만 같았다. 볕도 잘 들지 않는 반지하 집. 여름에는 곰팡이로, 겨울에는 웃풍과 단열 문제로 집은 늘 불쾌한 공간이었다. 여름엔 차라리 땡볕에 있겠노라며 나가고, 겨울엔 어차피 춥기는 매한가지라고 나갔다. 사계절 내내 무슨 이유로든 집에서 나와, 뽀송하고 쿰쿰한 냄새가 나지 않는 쾌적한 공간에서 더는 서 있기조차 힘들 때까지 시간을 보내다 귀가했다. 휴식을 얻어야 할 공간을 탈출하고 싶은 감옥으로 만들었던 집. 결국은 나도 그 집 같은 사람이 되는 것은 아닐까, 이게 내 현실이라는데, 여기서 더 나아갈 수 없는 게 아닐까 스스로 유리벽을 만들던 그 집. 어떻게든 궁핍의 굴레를 벗어나려는 자의에 의해서, 그리고 변화를 구하지 않는 가족 구성원들의 타의에 의해서 나는 상당한 경제적 부담에도 불구하고 독립을 선택했다.

그토록 뿌리에서 분리되고 싶으면서도 단절의 과정을 그 누구보다 적극적으로 진행시키고 있다는 점에서는 항상 죄책감이 든다. 배신자 혹은 저밖에 모르는 이

기적이고 배은망덕한 년 취급을 받는 것이 억울하면서 화가 나다가도 또 전적으로 틀린 말은 아닌 것 같아 속상하고.

세탁기 하나 놓고 별 잡생각을 다 한다. 이런 게 혼자 사는 일인가 보다.

1) 처음엔 삼성 통돌이를 샀는데, 배송 당일 세탁기가 들어갈 자리에 폭이 1cm 모자란다는 이유로 강제 회수당했다. 기사님은 이러면 뚜껑이 반밖에 안 열린다고, 그럴 거면 벽에서 20cm 떼고 붙이시라는 기이한 조언을 해주시다 결국 세탁기를 박스 포장 고대로 들고 내려가셨다. 그 후 일주일 가까운 기간 동안 세탁기 없이 살아야만 했다. 재택근무였으니 망정이지 아니었으면 2~3일에 한 번씩 코인 세탁소로 여행을 떠나야 할 뻔했다.

2) 인스타그램 광고를 보고 샀다. 진짜 정말 인스타그램 광고 보고 물건 사는 간지 떨어지는 짓은 하지 말자고 다짐했었는데, 어느새 이것저것 사게 됐다. 아니 뭐, 나도 인스타그램에 책 광고 한 적 있는걸. 세탁 세제가 고오급이라고 한 건 제품 광고에서 그렇게 홍보하고 있기 때문. 프리미엄 세제라나 뭐라나. 근데 세척력이 좋은 것 같기는 하다. 빨래 전문가가 아니라 확언하기 힘들다.

*review*
*4*

# 가가77페이지 이상명 사장님

**김봉철**

바른 길이 아니면 걷지를 않으니
오늘도 나의 걸음 수는 0에 수렴한다.

**그분께서 우리를 버리지 않음을 믿어 의심치 않나이다.**

구름이 떠다니는 모습이나 강물이 흘러가는 유유함을 어찌 한낱 미물에 불과한 인간의 말과 글로 백지에 옮겨 담을 수 있으랴. 하늘에 용이 나는 모습을 세치 혀로 옮기려니 작고 여린 이 마음에 고됨이 벌써부터 가득하다. 내 본디 글을 쓰는 것에 이렇다 할 재주와 재능을 갖추지 못한 채로 마흔이 가까운 해를 넘기며 살아왔으나, 부족한 솜씨로 그 모양새를 적어 굳이 나의 모자람을 드러내는 것보다 이 위대하고도 원대한 기상을 알고도 글로 적어내지 않는 일을 더욱 수치스러이 여기는 것이 무릇 군자의 도리라 여겨 용기를 내어 몇 줄 적어보려 한다.

처음으로 그의 용안을 마주한 것은 2017년의 여름

으로 기억한다. 나는 이 '기억한다'로 문장의 끝을 맺는 것만으로도 엄청난 죄책감을 느끼는데, 이분과의 첫 만남의 시기를 정확하게 기억하지 못하는 것으로도 인생을 똑바로 살아오지 못했다는 괴로움에 빠지기 때문이다. 살아가는 일의 고단함에 지쳐 잊어버렸다는 변명조차 통하지 않는다. 5촌 당숙 어른의 생신은 기억하지 못하여도 이분을 마주쳤던 매 순간의 소중함만은 잊지 말아야 할 것이 인간의 탈을 쓰고 살아가는 일의 전부일 것이다. 내 비록 종교를 가질 만큼 경건함을 갖고 살아오지는 못했으나 이분의 용안을 처음 마주한 순간만큼은 기나긴 세월 신이 존재하지 않음에 나름의 확신을 가지고 살아오던 나의 신념이 뿌리부터 송두리째 흔들리게 되었다. 경의선 책거리에서 열린 한 독립출판물 축제에서 마주한 것으로 기억되는 그 영광스러운 순간을 다시 떠올려보자면 멀리서 한 귀티가 흐르는 분이 걸어오는 모습을 보며 나는 자연스럽게 무릎을 꿇고 가슴에 성호를 그었는데, 그때 내뱉었던 말은 가가와 77과 페이지의 이름으로 아멘이 아니었나 싶다. 머리 뒤로는 둥그렇고 성스러우며 세상 무엇보다도 밝은 빛이 비추고 있어 등 뒤에 LED 플래시라도 숨기고 있는 것인가 하고 의아해했으나 그것이 여러 성인들의 초상화에서 흔히 그

려지고는 하던 후광이라는 사실을 깨닫는 데는 그리 오랜 시간이 걸리지 않았다. 당시 나는 독립출판물로 제작하였던 <30대 백수 쓰레기의 일기>의 재고가 떨어져 재인쇄를 해야 했으나 모아둔 돈이 없어 골머리를 앓고 있었다. 허나 이내 홍대입구의 오병이어라 부를 만큼 기적 같은 사건이 발생하였다. 바로 그분께서 널리 백성들을 이롭게 하려 새로이 독립서점을 오픈하시려 하며, 비천한 나의 책을 일반적으로 행하여지는 위탁 판매의 방식이 아닌 선매입으로 구매를 해주시겠다는 것이었다. 나는 그때까지도 못내 의구심을 지우지 못하고서는 정녕 그리하셔도 괜찮으시겠나이까 하고 불경스러운 의문을 내뱉었으나 그분께서는 인자하신 미소로 나의 그릇됨을 감싸 안아주셔 지금까지도 이때의 일을 생각하면 가슴 한구석이 벅차오르고는 한다. 집에 돌아와 그분께서 선매입으로 입고를 해주시겠다는 책의 종류와 권수를 헤아려보니 정확하게 내가 재인쇄를 하는 데 부족한 액수와 일치하여 나는 다시금 그분의 멀리 내다봄에 감탄을 금치 못하였다.

기적을 눈앞에서 목도하고도 의심을 지우지 못하는 것이 옹졸하고 무지몽매한 나 같은 이의 특성일 것이다. 하물며 타고난 반골 기질로 옳은 것도 그르다고 어깃장부터 놓고 보는 습성이 있는 데다 콩으로 메주를 쑨다고 하더라도 일단은 의심부터 하고 보는 이 휘경동의 가룟 유다가 그분이 우리의 독서 의식을 고취하고 독립출판물을 제작하는 이들을 돕기 위해 몸소 낮은 곳으로 높은 곳으로부터 임하셨음을 의심의 눈초리로 바라보지 않았을 리 없다. 그분께서 어느 날 내게 말씀하시길, "내 언제든 서점에 오면 너에게 공짜로 커피를 내리기로 하노라" 하셨다. 이 말을 들은 순간 나는 오늘이 내게 카페인이 부족하지 않은 처음의 하루의 날이요, 이는 나의 삶이 다시 태어남을 얻음과 다르지 않으니 나의 생은 오늘로부터 다시 기록되어짐이 마땅하다고 겉으로는 번지르르하게 그분에게 감사의 인사를 전했으나 속으로는 설마 정말로 커피를 줄까 하는 못된 의심을 가지고 있었음이다. 이에 그분께서 나의 눈을 바라보시며, 너는 너의 제자 됨을 이야기하나 너는 낡이 밝기 전 세 번 나를 부정할 것이다 하시니 나는 화들짝 놀라 아니옵니다, 저는 절대 사장님을 배신할 마음이 없사옵니다, 하고 고개를 세차게 가로저었다. 그분은 나의 이런 모습을 보시고서도 모든 것을 다 알고 계시다는 듯 인자한 미소를 지어 보이었을 뿐이다.

공짜라면 사족을 못 쓰기에 나는 집에서 출발하며 그분께 여쭈었다. “정녕 저에게 차가운 커피 한 잔을 주시는 것이 맞사옵니까?” “그렇다.” 나는 동묘역에서 6호선으로 갈아타며 다시 한 번 그분에게 진리를 구했다. “사장님 진짜예요?” “엉.” 그분께서는 짜증 한 번 내는 기색 없이 다시 답하여주셨다. 그럼에도 나는 못된 마음을 버리지 못하고 다시 물었다. “저 진짜 가요. 가면 커피 주셔야 돼요.” “아 알았으니깐 오라고.” 서점에 도착하여 차가운 커피를 손에 쥐고 나서야 나는 그분을 믿지 못하던 나와 이런 나의 모자람을 미리 아시고서는 세 번이나 배신할 거라고 하셨던 그분에게 눈물로써 사죄하였다.

이쯤에서 내 이를 기록으로 남기려는 이유에 대해 간단하게 이야기해 본다. 이는 여느 독재 국가의 수령에게 하듯 특정 인물에 대한 우상화를 하고자 하는 마음이 아니요, 또한 알랑방귀를 뀌어 서점 사장님에게 잘 보이고자 하는 마음도 아니다. 그저 세상에 글로써 뭔가를 남겨보고자 하는 작은 열망이 있는 나에게 있어 한 치의 거짓도 없는 참된 마음으로 내가 직접 보고 들은 바, 이분이 세상에 남아 있는 유일한 기적과도 같은 경건함이며, 세간의 사람들이 4대 성인에 이어 새로운 인물을 성인으로 추대하고자 한다면 나는 일말의 주저함도 없이 그분을 뽑고자 함을 전하고자 하는 일이다. 내게 수많은 결점이 있다 하지만 아부를 하거나 타인을 이유 없이 높이려 하는 못된 이간의 기질만은 가지지 못하였으니 이는 의심의 여지가 없는 사실일지어다.

마지막으로 그분께서 행하신 수많은 기적 중 하나를 소개하고 이 글을 끝맺으려 한다. 앞으로 무엇을 하고 살아야 할지 도무지 갈피를 잡지 못하고 살아가던 어느 날, 나는 삶에 사람에 지쳐 어리석게도 그분을 잊어가고 있었으나 그분께서는 이 못나고 미련한 나에게 한마디 가르침을 내려주셨다.

"출판사에서 뭘 보내주고 싶다는데 주소를 알려줘도 되겠는가."

"넵."

이것이 연이 되어 나는 출판사 수오서재에서 <작은 나의 책 - 독립출판의 왕도> 라는 책을 출간할 수 있게 되었으니 어찌 그분께서 우리를 위해 나섰으며 또한 나아감이 세상의 내일을 향해 있음을 의심할 수 있으랴.

*review*
*5*

# 나의 작고 소중한

김수진

매일 커피를 내리고 이따금 불행하면 글을 쓰던 사람.
그리고 이제는 불행하면 글을 쓰는 대신
나의 하나뿐인 고양이를 끌어안고 잠을 청하는 사람.

처음 고양이를 키운 건 초등학교 4학년 때였다. 더 어릴 적부터 시골집 동네에는 고양이들이 많이 있었는데, 아랫집 당숙네는 집에서 고양이를 키우는 건 아니었지만 마당이나 부엌 한편에 늘 고양이가 있었고, 때때로 새끼를 낳아 아기 고양이들이 여기저기 널브러져 있곤 했다. 어렸던 내 눈에도 새끼 고양이들은 무척 귀여웠고, 나도 고양이를 키우고 싶다는 생각을 했던 것 같다. 종종 여름날에 방문을 열어놓으면 길고양이들이 들어와 음식가지들을 물고 달아나곤 했는데 그 때문에 할머니는 고양이를 싫어했다. 고양이가 마당에만 들어와도 소리를 지르고 내쫓아버리기 일쑤였다. 그래서인지 우리 집엔 고양이가 새끼를 낳는 법이 없었고 늘 아랫집에서만 새끼를 낳았다.

그러던 어느 날, 내가 초등학교 4학년 때 일이다. 친구네 집에 놀러 갔던 나에게 친구는 동네 고양이가 새끼를 낳았다며 보여주었다. 여러 마리 중 한 마리가 유독 눈에 띄었고, 그 고양이에게 마음을 빼앗겼던 것 같다. 흰색과 검은색 얼룩의 아기 고양이는 너무나 작고 귀여웠는데, 데려가도 좋다는 친구의 말에 순간적으로 무서운 할머니의 얼굴이 떠올랐지만 건넛방(오빠 방)에는 특별한 일이 있지 않고는 할머니가 오지 않는다는 게 생각난 게 문제의 발단이었다.

철없던 나는(초등학생이 철이 들었을 리가 없겠지만) 새끼 고양이를 안고 30분 거리를 걸어서 집으로 돌아왔다. 할머니 몰래 건넛방까지 고양이를 데려오는 일은 어렵지 않았다. 할머니는 귀가 어두우셨기 때문에 고양이의 울음소리를 듣지 못했고, 나는 무사히 고양이를 방까지 데리고 들어왔다. 작은 상자에 모래를 넣어 화장실을 만들어줬는데 다행히 고양이는 대소변을 잘 가렸다. (그때도 지금도 나는 고양이가 모래만 담아두면 그곳이 화장실인 줄 아는 게 너무나 신기하다.) 고양이를 키우는 일은 특별히 손이 많이 가지 않을 줄 알았던 것이 내 착각이었음을 깨닫는 데는 그리 오래 걸리지 않았다. 고양이는 조그마한 몸으로 여기저기 구석으로 숨어들어 나올 생각을 안 했다. 밤이면 무릎 위에서 쌔근쌔근 곧잘 잠이 들었는데, 문제는 안방에서 할머니와 함께 잠을 자야 하는 나 자신이었다. 아무것도 모르는 할머니는 얼른 와 자라고 성화였고, 무릎에서 내려놓는 순간부터 서럽게 울어대는 녀석 때문에 나는 오빠의 신경질과 할머니의 잔소리를 밤새 들어야 했다. 고양이를 내려놓고 안방에 와 누워 있으면 야옹야옹 서럽게 우는 소리에 못 이겨 다시 건넛방으로 가 무릎 위에 앉혀놓고 또 한참을 바라보다 잠이 들면 다시 내려놓고 안방으로 돌아오기를 밤새 반복해야 했다.

어릴 때부터 잠이 많았던 나는 일주일을 이렇게 자다 깨다를 반복하다 결국 고양이를 다시 친구에게 돌려보내고 말았다. 초등학생은 고양이 한 마리도 책임질 수 없는 나이였다.

고작 일주일, 나의 첫 고양이는 이제 이름도 기억나지 않는다. 내가 이름을 지어줬던가? 오빠한테 물어보면 기억할까. 내 무릎 위에서만 곤히 잠들던 그 아이는 잘 살았을까? 벌써 22년이나 지난 이야기, 이제는 고양이 별로 갔겠지. 사는 동안 아프지 않고 살았을까? 사실 그 이후로 그 고양이에 대해 오래도록 생각해본 적이 없었다. 변함없이 고양이를 좋아했지만 온전히 한 마리의 고양이를 책임질 자신이 없었기 때문이다. 그러나 22년이

나 지난 지금 나는 고양이를 키우는 집사가 되었고, 오늘 문득 그 새끼 고양이가 생각난 것이다.

지금 함께 사는 고양이 토리는 구조된 길냥이였다. 입양 공고를 보고 역시나 한눈에 반해버려서 데려오게 됐는데 생각해보니 무늬도 어릴 적 키우던 고양이와 같은 젖소 무늬다. (취향이 참 한결같다.) 토리는 사람을 너무 좋아하고 집 밖에 나가는 걸 극도로 싫어한다. 병원이라도 갈라치면 문밖에 나가는 순간부터 병원에 도착하는 순간까지 쉬지 않고 울어댄다. 너무 서럽게, 그리고 목청이 찢어질 것 같은 소리로. 한번은 피치 못할 사정으로 한동안 오빠네 집에 임시보호를 맡긴 적이 있었다. 오빠에게 부탁을 하면서도 이게 맞는지 혼란스러웠지만 별다른 방법이 없었고, 토리를 차에 태워 한 시간 거리의 오빠네 집으로 갔다. 토리는 한 시간 내내 정말 쉬지 않고 울어대다 결국엔 목이 쉬어버렸다. 오빠네 집에 무사히 맡기고 돌아왔을 때 오빠한테서 토리가 자꾸 운다는 연락이 왔고, 나는 정말로 한참을 울어버렸다. 안 그래도 차에 타는 걸 싫어하는데, 그 오랜 시간 차를 태우고 낯선 곳에 토리를 두고 돌아온 죄책감에 잠을 이룰 수 없었다. 함께 있을 때는 몰랐던 토리의 빈자리를 매 순간 체감했다. 집에 돌아와도, 밥을 먹어도, 침대에 누워도, 아침에 눈을 떠도 토리는 없었다. 따듯했던 토리의 체온이 그리워서 밤마다 울었다. 토리가 잘 적응했다는 오빠의 말이 그나마 위로가 되었다. 나는 토리 없는 생활에 절대로 적응할 수 없을 것 같았지만 그래도 참 다행이라고 생각했다. 어쩌다 이렇게 되어버린 걸까. 어쩌다 토리는 내 인생의 많은 부분을 차지하게 된 걸까.

토리를 처음 데려왔을 때는 제대로 걷지도 못하는 손바닥만 한 아기 고양이였지만 이제는 7kg이나 나가는 거대 냥이가 되었다. 포동포동 토실토실 어찌나 귀여운지 말로 다 표현 못 한다. 집사들이 늘 그렇듯 누굴 만나도 우리 아이 자랑하느라 정신이 없고, 맨날 보는 아이 사진을 보고 또 봐도 너무 예쁘고 사랑스럽다. 오늘도 친구들을 만나서 토리 자랑을 실컷 하고 돌아왔다. 요즘 잘하는 것도 없고 내세울 것도 없어서 참 우울했는데 생각해보니 자랑할 게 있었다. 내 하나뿐인 고양이 토리. 토리 자랑은 하루 종일 할 수도 있을 것 같다. 아직 아이가 없고 결혼도 안 했지만 부모의 마음이란 게 이런 걸까 하는 생각을 해본다. 그리고 어릴 적 고작 일주일의 인연이었지만, 나의 작고 소중했던 고양이를 떠올려본다. 그때 그 아이가 다시 내게 온 건 아닐까 하는 말도 안 되는 상상을 하면서. 그때는 지켜주지 못했지만 이제는 토리가 고양이 별에 가는 날까지 내가 지켜줄 것이다. 이제는 고양이를 싫어하는 할머니도, 귀찮아하던 오빠도 없고, 조금 뚱뚱하지만 건강한 토리가 있다. 집에 돌아오면 문 앞에서 날 맞아주고, 잘 시간이면 발밑에 와 눕고, 아침이면 내 팔을 베고 자는 토리. 아침마다 내 얼굴을 핥아주는 사랑스러운 고양이. 딴짓하거나 일을 하면 여기저기 깨물며 심술부리는 고양이. 토리 때문에 여행을 가는 일도, 집을 오래 비우는 일도 못 하지만 그래도 토리가 있어서 내 삶이 조금 더, 아니 아주 많이 행복해졌다고 확신한다. 고양이가, 토리가 내 삶을 송두리째 흔들 만큼 중요한 존재가 될 거라고 처음 데려올 때는 예상하지 못했지만 이제는 토리가 없는 내 삶이 상상조차 되지 않아서, 하지만 언젠가 그런 날이 올 거란 걸 모르지 않아서 겁이 난다. 이 글을 쓰는 지금도 토리는 기웃기웃 내 옆을 서성이고, 나는 그런 토리가 있어서 조금 귀찮지만 행복하다. 오늘도 내 침대에서 토리와 함께 자야지. 그럼 내일 아침이면 토리가 내 팔을 베고 자다가 얼굴을 핥아주겠지. 생각만 해도 행복해진다.

존재만으로도 나를 웃고 울게 하는 나의 소중한 고양이. 너를 만나지 못했더라면 이런 행복은 느끼지 못했겠지? 고마워. 나한테 와줘서, 나의 가족이 되어줘서. 매일 말하지만, 살쪄도 귀여우니까 아프지만 말아줘.

*review*
*6*

# 누군가에겐 가볍고
# 누군가에겐 무거운

**김지선**

집과 책방만 오가며 특별한 약속도 없는데
매일 쓸데없는 것들을 잔뜩 가방에 넣고 다니는,
(한때) 여행작가로 불리던 책방지기

너로 인해 난 많은 것이 달라졌어. 구두를 좋아하던 내가 운동화를 신게 된 것도 어쩌면 너 때문일 거야. 치마를 좋아하던 내가 바지를 선호하게 된 것도 너 때문일지도 모르겠어. 작고 아담한 명품백을 포기하고, 까만색의 백팩을 사거나 빅 사이즈의 크로스백을 찾을 때, 난 무엇을 얻고 무엇을 잃은 것일까.

내 삶의 모든 부분, 특히 멀리 떠나고 싶을 땐 언제나 너와 함께였어. 가끔 네가 있다는 것조차 잊어버릴 때도 있었지만, 너의 무게감을 늘 느끼고 있었지. 지친 발걸음으로 집을 나설 때나 지쳐버린 어깨를 늘어뜨린 채 집으로 돌아올 때 너의 무게감이 한몫했을지도 모르겠다.

온통 까만색인데 하얀색과 노란색의 숫자가 쓰여 있고, 하얀색으로 써진 글씨와 빨간색 동그라미가 예쁜 너. 전혀 다른 두 개의 눈과 전혀 다른 세 개의 버튼과 전혀 다른 다섯 개의 다이얼이 있는 너. 몸에 꽉 맞는 까만색 가죽옷을 입고, 5년 전 남편이 사준 립스틱 색깔과 같은 색의 긴 실크 끈을 두르고 있는 너. 항상 가방 속에 넣고 다녔지만 꺼내서 어깨 위에 살짝 걸치고 다니면 그 어떤 명품 가방보다 훨씬 고급스럽게 보이던 너.

한글처럼 동그라미, 네모, 작대기로만 이루어진 너는 네모였지만 동그랬고, 동그란 것 속에 네모가 있었고, 또 그 안은 동그랬다. 완벽한 네모가 되는 것을 원치 않았던 것일까. 동그란 모서리가 아니라도 네모의 모서리엔 각이 있었다. 그리고 모든 네모 안엔 동그라미가 있었다.

작은 내 한 손에 올려놓을 수도 있을 만큼 크기가 크지 않았지만 오래 들고 있으려고 나는 두 손을 사용했다. 왼손으로 너의 바닥을 살짝 받치고, 오른손으로 오른쪽을 감싸 잡고 오른손 검지와 엄지를 꼬집는 것처럼 잡아주면 되었다. 더 오래 가지고 있어야 할 때면 남편이 사준 립스틱 색의 긴 끈을 내 목에 살짝 둘러줬다. 키가 작은 내 몸에 알맞게 하기 위해 끈의 길이를 줄여야

해서 끝 쪽을 묶어주어야 했지만, 묶음 자체가 개성처럼 느껴졌다.

가장 크고 가장 앞장서 있던 동그란 다이얼의 숫자를 돌린다. 깊이 들여다보고 싶을 땐 1.7을 좋아했고, 멀리 보고 싶을 땐 7.1을 좋아했다. 1과 7의 숫자의 위치만 바꾸었을 뿐인데 그 느낌은 상당히 달랐다. 깊거나 멀었다. 얕거나 깊었다. 가깝거나 멀었다. 집중되거나 분산되었다. 뿌옇거나 맑았다. 1.7에선 원하는 것을 제대로 볼 수 있었고, 7.1에선 모든 것을 맑게 할 수 있었다. 어떤 게 더 나은지는 그때그때 달랐다.

왼손 엄지가 닿을 수 있는 가장 위 동그랗고 작은 버튼을 누른다. 오른손 엄지가 닿는 오른편 아래쪽 버튼의 왼쪽 오른쪽 화살표를 사용하면 보고 싶은 것을 더 자세히 볼 수 있다. 더 자세히 보려면 오른손 엄지가 닿을 수 있는 위쪽의 다이얼을 돌려 더 크게 혹은 더 작게 살펴볼 수 있다. 오른쪽 검지가 일을 하지 않는 시간, 나는 오른손 엄지를 써서 네모난 세상 속 이야기들을 만났다.

넌 어땠을까. 너도 나와 함께한 이 시간이 좋았을까.

내 손 위에 놓여 있을 때가 좋았을까. 내 가방 속에 넣어져 있을 때가 좋았을까. 왼손 검지로 동그란 버튼을 꾹 눌렀을 때, 가장 큰 동그라미 안에 있는 동그라미들이 깜박깜박하며 인사할 때 너는 어떤 생각을 하고 있었을까. 가볍지 않았기에 손에서 쉽게 미끄러지지 않았고, 무겁지 않았기에 너와 함께 별을 만나러 가는 긴 길을 걸을 수 있었어. 가볍지 않아서 가볍지 않은 이야기를 담을 수 있었고, 무겁지 않아서 무겁지 않은 이야기를 담을 수 있었지. 너와 내가 만든 이야기들도 결국은 한글처럼 동그라미, 네모, 작대기로 이루어져 있지만 ㅇ, ㅁ, ㅡ으로 무수한 이야기를 만들 수 있다는 걸 우린 알잖아. 눈 깜박하는 순간보다 더 짧은 찰나의 순간에 모든 것을 가둬둘 수 없어도 이 순간 우리는 추억을 간직할 수 있다는 걸 알잖아.

*review*
*7*

# 맞지 않는 반바지를 간직하는 까닭

김현경

6호선 지하철이 다니는 근처 어딘가에서
술 마시는 모습을 가장 자주 볼 수 있습니다.

침대 아래 옷장에는 제게 맞지 않는 남성용 반바지가 하나 있습니다.

고무 밴딩에 끈을 조일 수 있는 품이 넉넉한 회색 면 반바지입니다. 잘은 모르지만 유명하다는 스트리트 브랜드의 로고가 아랫단 한쪽에 박혀 있고, 안쪽은 희고 보드라운 재질입니다. 제가 이 반바지를 입으면 무릎 바로 위까지 오는데, 끈을 조여도 저에게는 커 주르륵 흘러내립니다. 저는 이 반바지를 거의 입어본 적도 없고 입지 않지만, 종종 빨래하고 고이 접어 간직합니다.

이 반바지가 제게로 온 건, 다섯 살 차이 나는 남동생이 군대에 가던 즈음이었습니다. 동생은 입대 전 제가 입을 수 있을 만한 옷가지 몇을 제게 주었고, 청자켓이나 티셔츠 사이 이 회색의 반바지가 있었습니다. 한창 넉넉한 옷을 좋아할 때라 기뻐하며 받아 온 옷들입니다. 모두 넉넉한 사이즈로 입을 수 있었는데, 이 바지만큼은 너무 커 입기 어려웠지요.

이 반바지가 제게로 온 후 첫 번째로 입게 된 사람은 저보다 한 뼘 넘게 키 차이가 나는 사람이었습니다. 그는 저의 공간에 종종 찾아오곤 했습니다. 집에 들인다 하여 제가 그를 사랑한다 생각하지는 않았고, 아마 그도 그렇게 생각했을 텝니다. 하지만 우리는 겨우내 자주 함께 시간을 보냈습니다. 제가 가진 옷들 중 그에게 맞을 옷은 그 반바지 하나뿐이라 저는 매번 그 반바지를 내주었습니다. 우리는 함께 따뜻한 음식을 구워 먹고 가끔 함께 울고 웃으며 시간을 보냈습니다. 그 겨울, 바깥은 눈물이 찔끔 나게 추웠지만 방을 따듯하게 만들고 함께 있으면 반바지를 입고도 겨울을 날 수 있었습니다. 추웠던 겨울이 지나고 봄이 오며 그는 더는 찾아오지 않았고, 반바지는 옷장 깊은 곳으로 들어갔습니다.

저를 살아 있게 만든다고 생각한 사람이 이 반바지를 두 번째로 입은 사람입니다. '반바지'의 '반' 자에 강세를 주어 말하던 그는 제 반바지를 즐겨 입었습니다. 그러면서 그 반바지는 당연스레 제 것이 아닌 그의 것들 사이에 모였습니다. 그는 비슷한 것으로 자신의 반바지를 하나둘 사 모으기 시작했습니다. 반바지가 하나둘씩 늘어나고, 그 반바지들은 저의 공간에 쌓이기 시작했습니다. 반바지들과 함께 우리가 지낸 시간도 사진도 많은 것이 쌓여가며 몇 계절이 지났습니다. 저를 살아 있게 한다 생각했던 그는 어느 순간부터 제가 살고 싶지 않게 하는 이유가 되었습니다. 저는 어느 반바지도 돌려주지 않았고, 돌려주지 못했습니다.

이 반바지를 세 번째로 입은 사람은 친구였습니다. 가끔 숨이 가빠오고 눈물이 흘러 넘치며 감당할 수 없는 불안이 제게 닥칠 때가 있습니다. 공황 발작이 온다는 뜻입니다. 어느 새벽 눈물이 뚝뚝 떨어지기 시작하더니, 이 세상에 존재하지 않아야만 할 것 같은 불안이 저를 덮쳤습니다. 저는 두 친구에게 [어떻게 해야 할지 모르겠어] 메시지를 보냈습니다. 한 친구는 제게 전화를 했고, 한 친구는 [지금 갈게. 주소 찍어줘] 메시지를 보냈습니다. 두 번째 친구가 오기 전까지 한 친구는 전화기를 붙잡고 저를 진정시켰습니다. 서울 반대편에서 친구가 우리집에 도착할 때쯤에는 꽤 괜찮아졌습니다. 눈물을 훔치며 괜찮아졌다고, 이제 돌아가도 된다고 농담을 한 후, 우리는 새벽 세 시에 함께 밥을 먹었습니다. 괜찮아졌다 해도 다음 날 병원까지 따라갈 거라던 친구는 내게 입을 만한 편한 옷이 있는지 물었습니다. 나는 그 반바지를 침대 밑 옷장에서 꺼내 건넸습니다. 친구는 잠들지 못하는 나에게 계속 대꾸해주고, 해가 뜨자 다시 자신의 바지로 바꾸어 입고 나와 병원에 함께 가주었습니다.

저는 종종 이 반바지를 빨랫감 사이에 껴 넣어 빨고 말려 갭니다. 그러면서 지나간 사람들을 떠올립니다. 또 다시 이 반바지를 입게 될 사람을 기다리는 일, 그것이 제게 맞지 않는 이 반바지를 계속해서 간직하는 까닭입니다.

*review*
*8*

# 우린 최익현이다

오창석

부산에서 서울로 그리고 작가.
말로는 가벼움을, 글로는 진중함을.

'살아 있네'

경상도 남자인 내게, 이 문장은 사뭇 특별하다. <범죄와의 전쟁>이라는 영화가 등장하기 전엔 나와 경상도의 전유물이었다. '좋다, 괜찮다, 잘나간다, 즐겁다' 등의 모든 감정을 일순간에 정리해주는 사이다 워딩이자, 다양한 감정이 응축된 표현이었다.

처음 이 말이 전국적인 유행어가 되었을 때 탐탁지만은 않았다. 뭐랄까? 꼭꼭 숨겨두고 나만 알고 싶었던 인디 가수 한 명을 잃은 느낌이랄까? 생뚱맞을지 몰라도 그때 느꼈던 첫 번째 감정은 이런 것이었다. 두 번째 감정은 이 영화를 최근 다시 보았을 때 들었다. 그저 빼앗긴(?) 유행어로만 접근했던 지난 상황과는 달리, 어느덧 30대 중반이 되어버린 나의 감정이란, '과연 나는 최익현이 되지 않고 살아갈 수 있을까?'였다.

최익현, 극중 최민식 씨가 연기한 캐릭터의 이름이다. 원래는 세무 공무원이었다가 후에 이른바 '반달'이라는 이름의 반(半) 건달 상태의 사람이 되었다. 영화는 최익현이라는 사람이 처음부터 비범하다는 것을, 더 정확히 표현하면 '대차다'는 것을 보여줬다. 마약을 빼돌리려는 일당과 몸싸움을 하는가 하면 그냥 정직하게 신고하지 않고 팔아서 자신의 이익으로 돌리자는 말을 스스럼없이 하는 그야말로 대찬 사람이었다.

그는 '내 마약을 분실했다'고 신고하는 사람은 없을 것이라며 상대의 약점까지도 정확하게 파악해서 움직였다. 자신 역시도 세무 공무원으로서 단속한 물품이었으나 그럼에도 불구하고 그는 마약을 빼돌려 깡패에게 판매하려고 했고, 최형배라는 두목과의 협상 자리에 나선다. 이 자리에서 그는 최형배에게 흔히 말하는 '혈연'을 들먹이며 인사를 하라고 하는 '객기'를 보였다가 몇 대 맞고 그 자리를 떠난다.

보통 사람이라면 여기서 그냥 마약 판매금만 챙겨서 빠져나갔겠지만, 최익현의 대찬 행동은 여기서 멈추지 않았다. 온 동네 족보를 뒤져서 깡패 두목 최형배의 아버지를 찾아냈고, 그를 통해 최형배에게 큰절까지 받아낸다. 그리고 그 둘은 한배를 탄다. 최익현은 수익 좋은 술집을 찾아가 최형배가 싸울 수 있는 명분을 만들어주고 그 업장을 폭력으로 강탈해 운영한다. 물론 최익현은 무력을 쓰지 않았다. 그는 그저 맞아서 최형배가 참전할 수 있도록 한 것. 싸움을 못하는 것은 약점일 뿐인데도 그는 그 약점을 이용해서 상황을 반전시켰다.

여기서 그치지도 않았다. 위세가 당당해진 최익현은 벌어들인 수익으로 그저 흥청망청 돈만 쓰는 게 아니라 경찰서장을 시작으로 정치인과 정치인의 아내, 심지어는 날던 새도 떨어뜨린다던 안기부 직원들까지 접대하며 위세를 떨친다. 반달치고는 꽤나 열심히 자기 계발에 인맥 관리까지 했던 것이다. 그 인맥 관리의 정점이 영화 후반에 나오는 '1억'짜리 전화번호부다. 영화적 과장이 들어갔다고 하더라도 적어도 그 값어치는 하고도 남는 전화번호부였다.

정리 한번 해보자. 최익현은 공무원으로 시작했다. 총대를 메고 사표를 써야 하는 입장에서 마약을 만났고, 보통 사람이었다면 마약을 신고해서 포상이나 복직을 노렸을 텐데 그냥 새로운 인생에 베팅을 했다. 혈연과 족보를 이용해 깡패와 한배를 탔고, 그 깡패와 함께 세력을 확장해 나갔다. 글로벌 시대가 다가올 것을 알았던지 일본인과도 잠깐 MOU(?) 체결을 했으며 함께하던 깡패에게 버림받자 곧바로 그 라이벌과 손을 잡았다. 잘못은 쌓여갔고 이내 경찰과 검찰에 덜미를 잡혔지만 이번에도 혈연과 족보, 그리고 은혜 잘~ 갚게 생긴 금두꺼비를 이용해서 자신을 수사하고 있는 검사를 압박해나갔다. 이건 마치 아래에서부터의 개혁이 아닌 위에서부터의 개혁, 이른바 Top-Down 방식으로 일괄타결해버리는 외교의 고수와도 같다.

솔직히 처음 이 영화를 볼 땐 비겁하게 이리저리 살아가는 최익현을 욕하며 봤다. 하지만 이 영화에 등장하는 모든 이가 각각의 잘못과 범죄, 그리고 비겁함을 가지고 살아간다. 곽도원이 분한 조검사도 처음엔 정의로움 그 자체였으나 '니 그래갖고 검찰총장 하겠나?'라는 선배의 말 한마디에 최익현과 같이 술을 먹고, 깡패 두목 2명을 동시에 잡아들일 수 있도록 돕겠다는 최익현의 달콤한 제안에 협조해버린다. 이는 최익현의 돈, 빽,

그리고 수사 실적을 얻기 위한 움직임에 불과했다.

조검사를 바라보는 검찰 내부의 분위기는 어떨까?

'이야, 조검사! 살아 있네! 정부에서 범죄와의 전쟁을 하는데 부산에서 가장 잘나가는 깡패 두목을 2명씩이나 잡아들였어? 진급은 탄탄대로다, 탄탄대로.'

실제 영화에서 조검사는 포상을 받았다. 살아남기 위해 노력한 최익현도 나쁜 사람이고, 조검사도 나쁜 사람이다. 설령 깡패 2명을 잡아들였다 하더라도 최익현이라는 거대 매개체를 풀어준 것은 우리 사회를 위해서 절대로 해서는 안 되는 일이었다. 최익현은 살아가지는 대로 살아지는 사람이라고 하더라도 조검사는 그렇게 해서는 안 되는 '공무원'이지 않은가? 아 참, 돌이켜보면, 최익현도 출발은 공무원이었다.

감독이 어떤 의도를 가지고 영화를 찍었는지는 알 수 없다만, 등장한 세무 공무원과 검찰 공무원은 모두 자신의 이익을 위해 살아왔을 뿐, 대의 따윈 없었다. 어차피 두 공무원도 소시민에 가까운 사람들이라고 누군가 옹호하려 한다면 하나 더 이야기해보겠다. 이 '범죄와의 전쟁'은 깡패를 소탕하겠다는 대의명분 아래 자신들의 비리를 감추려는 정부 최고위 공무원, 즉 대통령과 청와대의 노림수였다. 애초에 정의로운 공무원은 없었고, 각자 살아남기에 급급한 몸부림이었을 뿐이다.

최익현, 그리고 우리네의 삶. 일반 시민이 이와 같은 큰 범죄의 소용돌이에 휩싸이거나 범법의 영역에 노출될 일은 거의 없다. 하지만 우리 모두 떳떳하게 살아가고 있다고 당당히 말할 수 있을까?

오히려 자신의 삶을 살아나가기 위해 상대의 약점, 나의 강점, 나의 혈연과 지인, 적절한 돈, 뇌물은 아니더라도 상관의 생일 정도는 절대 놓치지 않기 위해서, 아니면 그보다 한 발짝 나아가 상관의 배우자와 자녀의 생일까지 챙기며 보이지 않는 노력을 하진 않았을까? 내가 상관이었다면 그렇게 작지만 빼먹지 않고 챙겨주는 후배들을 더 좋게 보진 않았을까? 당신은 당신의 삶을 살아옴에 있어 모든 게 정말 순수한 의도였다고 자신할 수 있을까?

최익현, 살아 있네.

어쩌면 그는 자신의 삶과 강점을 잘 파악한 최고의 '라이프 세일즈맨'이었는지도 모른다. 이는 최익현처럼 살아야 한다는게 아니다. 이것이 우리가 살아남는 방식은 아닐까 싶은것아다. '살아가는' 방식이 아닌 '살아남는' 방식.

10대에는 대학교의 이름만 좇았다.

20대에는 회사의 이름만 좇았다.

30대, 이젠 버티기의 싸움이다. 내가 지금 당연스럽게 여기는 것들을 지켜나가는 싸움만이 남았다.

살아가는 것도 중요한데,

살아남는 것도 중요한 나이가 되었다.

불의를 보면

다 들이받고 돌아서버리고 싶지만,

절대 놓칠 수 없는, 지켜야 할 것들이 생겼으며

어떻게 하면 자존심은 챙기면서

타인이 나를 쉽게 보지 않게 하면서

예의에 어긋나지 않으면서

내게 주어진 상황을 조금이라도 내게 유리하게 바꿀 수 있을까를 고민해야 하는 나이가 되어버렸다.

앞으로 내가 최익현처럼 깡패와 손을 잡고 야쿠자와 손을 잡고 검사에게 뇌물을 먹이며 살아가진 않겠지만 결과적으로 살아남은 최익현이 그저 부러울 따름이다.

영화의 마지막에까지도 최익현은 살아남았다.

끝까지,

'살아 있네'

*review*
*9*

# 영숙이는 내 나이에 엄마가 되었다고 한다

**정연의 정연**

돌멩이 하나 그냥 지나치질 못하니
10분 거리를 한 시간에 걸쳐 오는 사람

1.

못 보던 앨범이다. 공구를 찾아 허우적이던 몸짓을 멈추고 먼지가 소복이 쌓인 앨범으로 손을 뻗는다. 끝이 둥글게 마모된 모서리. 분명 누군가 애정 있게 자주 넘겨 보다가 이곳에 두고는 그만 잊어버린 것. 엄지로 둥근 모서리를 쓰담이며 앨범의 나이를 추측해본다. 누구의 것일까. 먼지를 후후 불고 무거운 첫 장을 넘긴다. 누렇게 변색된 접착제가 간신히 붙들고 있는 사진 속 고등학생 영숙이와 눈이 마주친다.

짧은 커트 머리를 한 영숙이. 산골짜기 소년처럼 보인다. 쌍꺼풀이 없는 눈매와 매부리코. 나는 확실히 엄마를 닮은 듯하다. 음표를 붙여 콧바람을 짧게 두어 번 내뱉고는 계속해서 갈피를 넘긴다. 머리를 가슴팍까지 기르고 반묶음을 한 영숙이의 손에는 맥주가 들려 있다. 살이 많이 빠지고 화장도 하니 내가 아는 엄마의 모습과

얼추 비슷해졌다. 그 뒤, 촌스러운 립스틱을 두껍게 바르고 아빠와 어색하게 웃고 있는 사진이 있다. 금세 앨범의 마지막 장. 디자이너로 일했을 당시 사무실로 짐작되는 공간에 영숙이가 있다. 히피펌을 한 긴 머리와 구겨진 셔츠. 역광으로 찍힌 탓에 표정은 잘 보이지 않지만 책상에 빨려 들어갈 것처럼 고개를 깊게 숙인 걸로 보아 무엇인가에 아주 집중하고 있는 것 같다. 그녀는 당시에 사진이 찍히는지도 몰랐을지도 모른다.

"엄마! 잠깐만 이리로 와봐아아."
나는 앨범을 덮고 큰소리로 영숙 씨를 불렀다.

설거지를 하던 중이었을까, 딸의 부름에 퐁퐁 거품을 뚝뚝 흘리며 달려온 엄마를 보니 실소가 나왔다. 엄마는 딸이 어디라도 다친 걸까 걱정스러운 눈빛으로 이리저리 살피다가 이내 내 손에 들린 앨범을 보고 크게 웃었다.

어렸을 때 나는 생각했다. 엄마는 태어났을 때부터 밥도 잘하고 청소도 잘하는 '엄마'였으리라. 할머니는 태어날 때부터 쭈글쭈글하고 여기저기가 아픈 '할머니'였으리라. 그들은 태초부터 햄을 싫어했고, 주머니에는 항상 돈이 있기에 원하는 것을 언제나 가질 수 있으며, 맨날 콩과 풀만 먹으니 늙지도 죽지도 않으리라.

이게 얼마나 유치원생스러운 믿음인지는 이제 알고 있다. 엄마 아빠 모두 투정 부리며 어린 시절을 보냈고 국민학교 중학교 고등학교 입학과 졸업을 반복하는 사이 언젠가 사춘기를 견뎌냈겠지. 밤낮으로 공부하고 학력고사를 보고. 대학에 가고 거기서 만난 사람과 연애를 하고. 결혼을 하고 나를 낳고 동생을 낳고. 사실 이 정도면 다 안다고 생각했다.

앨범을 품고 사진을 하나하나 가리키는 엄마의 손가락이 뭉툭하고 거칠다. 무엇을 그리 오랫동안 붙들고 있었기에. 그녀의 손끝이 가리키는 영숙이는 화구를 등에 업고 친구들 사이에서 환하게 웃고 있다. 영숙이 앞에 어떠한 수식어가 붙기 직전의 나이. 24살이었다.

2.

눈을 붙이기엔 아까운 시간. 우리는 집을 나섰다. 엄마조차도 기억하지 못하는 이야기를 굳이 꺼내어보고 싶었다. 마른손을 비벼대는 엄마에게 주머니 속 핫팩을 쥐여주고 집과 멀지 않은 카페를 목적지로 정했다.

-대화의 흐름을 매끄럽게 하는 데에는 당만큼 좋은 게 없지.

이에 엄마는 동의했고 따뜻한 디카페인 라떼 두 잔과 크림 브륄레를 주문했다. 우리는 구석진 자리에 엉덩이를 붙였고 얼마 지나지 않아 주문한 음료가 나왔다. 사이좋게 엄마 한 입 나 한 입. 눈 깜짝할 사이 케이크는 반이나 사라져 있었다.

-엄마는 어렸을 때 아주 조용하고 내성적인 아이였대.

포크를 손에 쥔 채 엄마는 천천히 이야기를 시작했다.

-아니, 말이 안 되는데?

-그치? 말도 안 되지?

-내가 기억하는 건 비 오는 날에는 보석이 하늘에서 떨어지는 것 같아서 하루 종일 처마 밑에 앉아 구경하던 거야. 그게 얼마나 아름다운지 아니? 가을이 오면 알록

달록한 나뭇잎 색깔에 취해서 뒷산을 뛰어다녔어. 집에 와서는 그걸 그렸고. 나는 어렸을 때부터 막연하게 화가가 되어야겠다고 생각했던 것 같아.

그 당시에 돈이 어디 있나. 회사원 초봉이 40만 원이었는데 미술 학원비가 35만 원이었다고 한다. 할머니는 학원에 보내주지 않았고, 미대를 가야 했던 영숙이는 직업 학교를 택했다. 그곳에 계신 담임 선생님 덕분에 3개월 정도 전문적으로 미술을 배울 수 있었고, 후기 대학에 급히 원서를 넣어 영숙이는 Y 대학교 산업디자인 전공으로  들어가게 되었다.

어린 영숙이는 굉장히 포부가 큰 사람이었다고 한다. 지금 나를 보면 그때의 당신을 보는 것 같다며 '이런 것도 닮는구나' 하며 웃었다. 그녀는 졸업과 동시에 유명 광고 회사에 입사하고 싶었고, 억대 연봉을 받는 AE가 되고 싶었다고 한다. 눈에 띄는 실력으로 신입생 때부터 과 선배들과 공모전에 나갔고, 2학년 때는 공모전 동아리 회장으로서 후배들을 이끌었다고 한다. 밤을 새는 날이 잠을 자는 날보다 많았지만 참 행복했었다고 그녀는 말했다. 그런데 지금 영숙이의 장래 희망 칸에는 뽀얗게

먼지가 올라앉았다. 어떠한 계기로 그 한 번을 못 들춰보았을까. 누가 저 구석에 숨긴 걸까? 아니면 잠시 놓았는데 펴볼 여유가 없어 재삼재사 미루다가 잊은 걸까?

나는 엄마를 보면서 죄스러움을 느꼈다. 언젠가 밤에 몰래 스케치북을 꺼내놓고 그림을 그리는 엄마를 본 적이 있다. 그때부터 이따금 생각을 했다. 내가 엄마에게 한겨울 바람 같은 존재였을까. 그래 그럴지도 모르겠구나. 내가 밉지는 않았을까? 나는 어찌 보답할 수 있을까. 보답은 할 수 있을까? 희생은 부모의 미덕이라고 어디서 그랬던가? 그걸 내리사랑이라고 부르던가?

3.

-엄마는 비혼주의자였어.

케이크를 먹던 나는 사레가 들려 콜록거렸다. 엄마는 가방에서 휴지를 꺼내 내밀며 말을 이었다.

-엄만 유교 사상이 아주 강한 집안 둘째 딸로 태어나서 어렸을 때부터 늘 오빠한테 다 양보하면서 자랐어. 난 그런 차별 대우가 너무 싫은 거야. 그들이 뭐가 잘났

다고 말이야. 그래서 결혼 따위는 안 하고 싶었고, 남자를 우습게 생각했어 (케이크 한 입) 그래서 더 '남자'같이 행동했었던 것 같아. 치마도 한 번을 안 입어봤고 (케이크 한 입) 그래서 연애는 나와 어울리지 않는 거라고 생각했지. 일이 너무 좋았고. 근데 오해는 하지 말아라. 인기는 엄청 많았어. 뭐 선배, 후배, 동기 다 나 좋다고 따라다녔어. 난 다 시시해서 거들떠도 안 봤는데 너희 아빠가 엄청난 구애 작전을 했잖냐. 그 백 일 동안 맨~날 집으로 편지를 보냈어. 백 일째 되던 날에 '그래 이런 끈기를 가진 남자라면 밥을 굶기지는 않겠다' 싶어서 만나준 거지. (케이크 한 입)

나는 웃으며 이거 나중에 글로 써도 되냐고 물었다. 엄마는 "꼭 써. 이 이야기는 '만나준 거' 이게 포인트야." 라며 허공에 밑줄까지 그어줬다.

- 할머니가 대학교 졸업식 때 그러는 거야. 얘랑 결혼할 거니? 그게 아니면 지금 당장 헤어져라. 그때 사실 엄마는 좀 권태기였는데 말이야. 등 떠밀려서 결혼했지. 결혼식 당일에도 '내가 왜 여기에 있지?' 하는 생각을 했다니까. 그게 딱 정연이 나이였는데.

-결혼하고 일 년 정도는 '집사람'이었어. 가정주부. 그땐 그게 정석이었어. 근데 너무 답답한 거야. 엄마 성격 알지? 그래서 양재에 있는 회사 디자이너로 입사했었는데 입사 한 달 만에 정연이가 왔잖니. 그땐 임신하면 퇴사해야 했었어. 그땐 그랬어. 나는 그게 싫어서 너 뱃속에 두고 야근도 하고 프레젠테이션도 하고 그랬는데 결국 1년도 안 돼서 퇴사했지. 너를 낳아야 하니까.

나는 물었다.

-그럼 만약 내가 조금만 더 늦게 왔더라면 엄마가 지금 다른 삶을 살고 있을까? 그림 그리는 디자이너로?

엄마는 이 질문에 대한 상상을 이전에 다 해보았고 그 결말은 이미 다 났다는 듯 빠르게 대답했다.

-그랬겠지? 근데 아마 30살 이전에 과로사하거나 암에 걸려서 죽었을지도 모르겠다. (웃음) 정말 미친 것처럼 밤낮으로 일했거든.

생각지도 못한 유쾌한 대답에 당황했다. 내 마음 끄트머리 부근에 오랫동안 숨겨놨던 물음이었다. 혹여나 절대 그럴 일은 없겠지만 물었을 때 엄마가 나를 책망할까 봐, 또는 조금 후회된다고 말할까 봐 겁이 나서 묻기

보단 묻기를 택했다. 그런데 저런 반응인 것이다. 나는 마땅히 어울리는 대답을 찾지 못해 한참을 끄덕이다가 다시 물었다.

-엄마의 선택을 후회한 적은 없어?

-절대.

이번에도 엄마는 빠르게 대답했다.

-정연아, 사실 엄마는 희생을 한 적이 없어. 엄마를 위해 선택했고 지금도 그러고 있어. 그렇게 해야 엄마가 행복하니까. 너희가 아침밥을 안 먹어도 엄마는 아침마다 밥을 해. 왜냐하면 그래야 엄마가 행복하니까.

4.

-엄마는 어떤 기분이야? 딸이 내 모습 생각 취향까지 닮아가는 거—얼마 전 저녁을 먹다 내가 비혼주의 선언을 했었는데 엄마가 의미심장하게 웃었었다—그런 걸 보면 말이야.

-음 너가 낳아봐. 이건 내가 말해선 몰라. 그러고 보니 내가 최근에 너 결혼하는 상상을 자주 하게 되네.

엄마는 또 다시 의미심장하게 웃으며 말했다. 긍정

도 부정도 안 하는 저 대답은 참 의미심장하다. 예전에 내가 사고 쳐서 학교로 불려 온 엄마가 비슷한 말을 했던 것 같은데, 그렇다면 부정에 가까운 건가.

-이제 갈까? 너희 아빠가 집에 혼자서 심심하다고 계속 카톡 보낸다 얘.

집에 갈 채비를 하는 엄마에게 나는 다홍색 머플러를 건네며 물었다.

-엄마 우리가 만난 건 우연이였을까? 과학적으로 생물학적으로 좋은 타이밍으로 생겨난 우연에 의한 인연.

건네받은 머플러를 목에 천천히 두르며 엄마는 자리에 다시 앉았다. 천장에 뭐라도 떠다니는 듯 눈동자를 이리로 저리로 움직이던 엄마의 눈가가 점점 붉어졌다. 나도 행동을 멈추고 그녀를 기다렸다. 내 시선이 혹여나 대답을 재촉하는 것처럼 보일까봐 눈동자를 내리고 손을 쥐었다 폈다 마감이 안 된 까끌까끌한 테이블 뒷면에 동그라미를 손끝으로 그렸다. 열다섯 번쯤 겹쳐 그렸을 때 엄마는 내 손을 잡았다.

-아닌 것 같아.

엄마와 눈을 마주했다.

-그 많은 사람들 중에 너희 아빠를 만나서 아이를 낳고 늙어가는 과정. 너와 준석이. 우리 엄마 은희 씨, 그 인연 하나하나 어떻게 이뤄졌을까 생각이 들었어. 이건 정말 신이 있다면 나를 위해 만들어준 인연이라고 생각해. 많은 사람 중에 저기 걸어오는 사람이 우리 예쁜 딸 정연이라는 사실이 얼마나 감사하니. 그래서 엄마는 지금 너무 행복해.

엄마는 눈 주위를 꾹꾹 누르고 여응차 소리를 내며 일어났다. 엄마는 강한 여성이었다. 내가 생각했던 것보다 강했다. 그녀는 꽃이 아니라 선인장 같은 사람이었다. 수없는 파랑을 견뎌냈고 그 속에서 항상 피어 있었다. 남아 선호 사상이 남아 있었다던 그 시절에 귀하디 귀한 딸을 지켜냈고 강하게 키웠다. 그녀는 서툴렀지만 최선을 다했고 만개하기 직전의 나는 그것이 참 어여쁘다고 말했다.

-참 장하다 너도 나도.

디자이너라는 이름표를 기꺼이 내려두고 정연이 엄마 강영숙으로 산 지 25년째 되는 해를 앞둔 오늘이다.

우리는 카페를 나와서 천천히 집 쪽으로 걸었다.

-엄마. 문득 든 생각인데, 지금의 내가 그때의 영숙이 만나도 짱친 될 것 같지 않아?

-둘이 사진기 들고 전시장 돌아다니고 여행 다니면서 재미있게 놀긴 하겠다.

-영숙이가 내 친구였으면 연애나 엄청 시켜야지. 아 엄마 조만간 경주 한번 갈래? 요즘 하늘이 진짜 예쁘더라. 높고 파랗고.

-어머, 엄마한테 데이트 신청하는 거야?

조잘조잘

조잘조잘

조잘조잘

삐삐삐삐 삐 삐삐삐

아빠~! 우리 왔어.

*review*
*10*

# 내 친구, 길용

임발

일상의 소설화, 소설의 일상화를 꿈꿉니다.

리뷰. 대상을 관찰하고 그를 구성하는 중요한 내용이나 줄거리를 뽑아내는 게 일반적인 리뷰의 기본 절차라고 본다면, 내 친구 길용에게선 어떤 요소를 추출해야 성공적인 리뷰가 될 수 있을까. 그 전에 리뷰의 목적을 명확하게 밝히는 게 독자의 혼란을 줄일 수 있을 것 같다. 간단하게 말하자면 내 친구를 대놓고 자랑하는 것이 이 리뷰의 목적이다. 평생 가는 친구 한두 명만 있어도 성공한 인생이라고 말할 수 있다면 난 길용을 내 인생에서 가장 중요한 친구로 어떤 망설임도 없이 지목할 것이다. 길용이 나를 그 정도로 생각하지 않아도 전혀 상관없을 정도로 자신 있게 말할 수 있다.

길용과 난 같은 중, 고등학교를 나왔다. 그를 처음 본 게 언제였는지는 잘 기억나지 않는다. 정작 중학교 때에도, 고등학교 때에도 같은 반이 된 적은 없었고, 아무리 기억을 거슬러 올라가도 처음으로 인사했던 순간,

처음으로 통화했던 순간, 처음으로 밥을 먹었던 순간, 처음으로 농구를 했던 순간. 함께했던 수많은 순간의 처음이 떠오르지 않았다. 그렇지만 내 기억력에 문제가 생겨서 그런 거라고는 여기지 않는다. 아마도 그건 그의 타고난 성상과도 연관성이 있다고 믿을 뿐이다. 길용은 자연스러움의 미덕을 본능적으로 알고 있는 사람이다. 그냥 함께 놀다가 공부하다가 이런저런 얘기를 하다가 시간이, 세월이 흐르고 나니 어느새 그냥 내 친구가 되어 있었다. 대학교 1학년 때 자정이 한참 넘은 야심한 밤에 술에 잔뜩 취해 나에게 전화를 걸어 핸드폰에 자기가 몇 번째로 저장되어 있냐며 나를 심하게 당황케 했던 녀석에 비하면 그는 굳이 우정이라는 단어를 직접 쓰지 않아도 충분히 마음이 느껴지는 친구. 이 와중에 한 가지 확실한 사실이 떠올랐는데, 길용은 내 친구의 친구였다. 희한하게 다른 친구가 나에게 그를 소개했던 장면은 오려낸 듯 먹통이지만, 처음엔 친구의 친구에 불과했다는 사실은 확실하게 기억났다.

그와 난 어른이 되고 나서 각자 평온한 삶의 기반을 잡기 전까지 남들처럼 평범하게 대학을 다니고 취업을 준비하는 동안엔 그리 자주 보는 사이는 아니었다. 가끔 연락해서 안부를 묻는 정도. 특이사항이 있다면 우리 둘 다 군인이었을 때 몇 차례 편지를 주고받은 적이 있다는 것 정도. 남자끼리 편지는 아무래도 멋쩍었다. 친구를 리뷰하기 위해 방구석에 고이 모셔놨던 편지 박스를 다 뒤져봤는데 정작 그의 편지만 어디론가 사라져서 조금 당황했다. 확실하게 기억하고 있는 다른 녀석의 편지도 없는 걸 보니 아무래도 내가 따로 보관해둔 것 같다. 편지 내용을 더 열심히 상상해본다. 역시나 특별한 문장은 없었던 것으로 추측된다. 장담컨대 어디 아픈 데 없냐고 건강을 묻는 흔한 안부, 군 생활이 지겹다는 특유의 나른한 넋두리 정도가 오간 게 고작일 것이다.

길용은 지속적인 인간관계를 별 무리 없이 유지하는 것에 특별한 능력을 지니고 있었다. 자기는 '뭐 하나 내세울 게 없다', '너무 평범하다', '특별한 게 하나도 없다' 고 말하곤 했지만, 관계를 능숙하게 다루는 그의 능력은 시간이 지날수록 빛을 발하는 슬로 스타터의 보이지 않는 재능과 가까웠다. 꽤 잦은 이직에도 불구하고 그는 언제나 큰 불화 없이 유종의 미를 거뒀고, 전 직장 동료와의 관계를 무난하게 이어갔다. 10년도 훨씬 더 지난 첫 직장 사람들과도 지금까지 무난하게 연락을 하고 있으니 말 다 한 거 아닌가. 예민하고, 집요하고, 소심하고, 피곤한 내 성격으로는 절대 손에 넣을 수 없는 여러 갈래의 관계를 길용은 아무렇지 않게 소유하고 있다. 심지어 그는 그게 얼마나 큰 능력인지 스스로 잘 알지도 못한다. 그래서 더 멋스럽다. 내가 능력 이상의 과한 꿈을 꾸고 있을 때, 길용은 계속 직장생활을 하며 오랜 연인과 결혼하여 행복한 가정을 꾸렸으며 어느새 세 아이의 다정한 아빠가 되었다. 좀비같이 사는 친구를 위해서였을까. 종종 함께 저녁을 먹기 시작한 건 내 방황의 절정기 무렵이었다. 그 시절, 나에게 길용과 밥을 먹는 시간은 인간관계를 연명하는 듯 절실하고 소중한 순간이었고, 그는 그 순간이 잠시나마 휴식 같은 시간이었다고 어느 날 지나가듯 툭 말했다. 길용다웠다. 그는 무언가를 흥분한 채로 말하는 법이 없다. 그와 함께 있으면 내가 얼마나 말이 많은 사람인지를 잊게 된다. 가끔 대화의 점유율을 독점하는 몇 안 되는 다른 친구(말의 양에서 임발을 압도적으로 이기는 친구가 있긴 하다)와 대화를 할 때면 길용이 나의 긴 얘기를 담담하게 들어주는 게 얼마나 어렵고 고된 것인지 짐작할 수 있었다. 그렇지만, 그는 단 한 번도 나에게 눈치를 준 적도, 싫은 내색을 한 적도 없다.

무엇보다 길용은 관계의 적정한 거리를 너무나 잘 알고 있었다. 조금만 멀어져도 서운해지고 조금만 과해도 피곤한 게 인간관계 혹은 친구 관계. 그는 지나치거나 혹은 모자라거나 하지 않은 관계의 선 위에서 줄타기를 기가 막히게 했다. 심지어 의도하지도 않으며. 서로 바쁠 때는 몇 주 동안 연락을 잊고 지낸 적도 있지만, 그는 시간이 날 때면 그냥 전화했다. 특별한 이유 없이. 그냥. 특별한 용건이 없는 친구의 전화를 받을 때면 난 결코 혼자가 아니라는 사실을 다시 깨닫곤 한다. 그가 나에게 "요즘 어때?" 한마디만 해도 이게 어떻고 저게 어떻고 하며 신이 나서 업데이트된 최신 근황을 얘기했다. 최근에는 "어때?"라는 말 대신 "책은 좀 팔려?"라고 묻기도 한다. 그럼 난 또 난 어떻고 누가 또 어떻고 "내 책은 아직 멀었어" 하며 더 신나게 떠든다. 그러면 그는 또 묵묵하게 들어줬다.

그런 길용의 무던함이 가장 빛을 발하던 시기는 내가 극심한 우울증으로 끝을 알 수 없는 터널을 지나는 듯 어둡던 시기였다. 지금 생각해도 참 다행이었다고밖에 말할 수 없는 아슬아슬한 시절. 내 상태가 어느 정도였냐면, 영화를 보고 나와서 집으로 가는 길에 운전하다 말고 서럽게 통곡을 한다든지, 주말에 혼자 일하러 사무실에 나갔다가 몇 시간 동안 아무것도 못 하고 해가 질 무렵부터 소리 없이 눈물을 흘린다든지, 우울해 죽겠는데 밥이 너무 맛있게 넘어가는 내가 너무 싫어진다든지, 어떻게 죽어야 사람들에게 끼칠 민폐를 최소화할 수 있을까를 온종일 고민하던 그런 날의 연속이었다.

그렇게 괴롭던 많은 날 중 그날이 선명하게 떠오른다. 퇴근하고 나서 자취방으로 돌아와 불을 켜지도 않고 어둠 속에서 웅크리고 있을 때, 길용은 나에게 평소처럼 '그냥' 전화했다. 통화가 시작되고 아마도 그는 무심하게 한마디를 했을 것이다. 무슨 말이었는지는 역시 정확하게 기억나지 않는다. '저녁 먹었어?', '퇴근했어?', '할 만해?', '그냥 했어' 정도의 말 중 하나였을 것이다. 그의 목소리를 듣자마자 눈물이 또 터져 나왔다. 내가 울면서 무슨 말을 했는지 잘 모르겠지만, 하여간에 힘들어 죽겠다는 그런 종류의 말을 하지 않았을까 싶다. 다 큰 사내가 그렇게 예고 없이 서럽게 우는 소리를 들은 친구의 그때 심정은 어떠했을까. 하지만 그는 역시나 길용답게 크게 당황하지도 흥분하지도 않으며 조용히 말했다. "야, 왜 울고 그래. 괜찮아." 그렇게 무미건조한 말을 다른 친구가 했더라면 난 여지없이 성의 없는 위로라며 화를 냈을 거 같다. 그런데 신기하게도 그가 그렇게 말하니까 묘하게 안정되었다. 길용은 그런 친구였다. 그해 나는 결국 다니던 직장을 그만두었는데, 그가 포함된 친구들 모임에서 갑자기 너무 진지한 광경이 펼쳐졌다. 한 해를 정리하는 의미로 돌아가면서 한마디씩 하자고 해서 나는 망설임 없이 친구들 앞에서 다소 닭살 돋는 말을 했었다. 길용에게 정말 고맙다고. 덕분에 살아있다고. 창피하게도 난 그 짧은 감사의 표현을 하면서도 울먹거렸다. 지금도 그가 '생명의 은인'이라고 생각하고 있는데 그때 그 말까지 했는지는 긴가민가하다. 갑작스러운 나의 말에 어색함을 감추지 못하고 그는 급하게 잔을 들어 건배 제의를 했다. 길용은 내가 감사한 마음을 절대 잊지 말아야 할 그런 친구다. 여전히. 앞으로도. 계속. 지금 내가 이런 글을 쓰고 있는 것도 모두 다 그 덕분이다.

언제부터 길용을 아주 가까운 친구라고 마음속으로 생각하는 것에 그치지 않고 다른 이에게도 당당하게 말하고 다녔을까. 친구의 친구라는 포지션에서 어느새 당당하게 가장 친한 내 친구로 말할 수 있는 사이. 내 삶의 반경 안 근거리에 항상 함께했던 친구. 굳이 비생명체 인 다른 무언가로 비유하자면 이런 거다. 술, 담배, 커피처럼 기호를 충족시키는 것들과 휴지, 치약, 비누, 손톱깎이와 같은 생활필수품이 있다면 길용은 나에게 기호까지 충족시켜주는 필수품 같은 존재. 기호품이면서 동시에 필수품이기도 한. 너무 익숙하고 편하게 내 일상과 맞닿아 있어서 진정한 친구라는 거창한 수식어를 부여할 필요조차 없는. 오늘은 내 친구 길용에게 아무 이유 없이 먼저 전화를 걸어 시답잖은 하루에 대해 말을 건네야겠다.

*review*
*11*

# 정물화,
# 그리고 존재의 무게

**조민예**

전시를 보고 난 뒤 미술관 옆 카페에서
진한 아메리카노를 마시는 것을 좋아한다.
2020년 가을, 가장 좋아하는 작품은 샤갈의
<붉은 배경의 꽃다발(Bouquet de fleurs sur fond rouge>.

나고야/보스턴 미술관

NAGOYA/BOSTON MUSEUM OF FINE ARTS

<사랑하는 정물, 정물화의 세계(恋する静物、静物化の世界)>

2011.9.17-2012.2.19

미술관에서 그림 앞에 선다는 것은 지극히 개인적인 경험이다. 그 시간과 그 공간에서 느끼는 감상은 오롯이 '나'만의 것이다. 같은 그림을 보더라도 누군가는 아련한 옛사랑의 기억을 떠올릴 것이며, 누군가는 행복했던 그 날의 추억을 되새길 것이다. 내가 미술관에 가는 것을 좋아하고, 그림 앞에 서는 것을 사랑하는 이유는 여기에 있다.

지난 10여 년간, 나는 전세계의 수많은 미술관에 들렀고, 수많은 전시회에 갔다. 미술을 공부한 적도 없고 미술 사조에 정통한 것도 아니지만, 예술이 주는 영감이 좋았고, 그림 앞에서 느껴지는 감정에 눈뜨는 경험은 나를 매료시키기에 충분했다. 전시회 또한 그때의 '나'가 어떤 상황에 놓여 있었고 어떤 생각을 가지고 있었는지에 따라 감상이 달라진다. 피곤에 찌들어 있던 날 루브르 박물관에서 수많은 인파를 뚫고 마주한 레오나르도 다빈치의 <모나리자>는 생각보다 큰 충격을 주지 못했고, 청명한 가을 하늘에 기분이 좋던 날 뉴욕 MoMA에서 마주한 잭슨 폴록의 액션 페인팅은 그 생동감에 입이 다물어지지 않을 정도였다. 우울이 정신을 잠식하고 있던 무렵, 이름도 기억이 나지 않는 작가의 그림 한 점이 나를 구원하기도 했다.

내가 관람했던 수많은 전시회 중에서 지금까지도 기억에 남는 단 하나만을 꼽으라면 나는 주저 없이 <사랑하는 정물, 정물화의 세계>를 꼽을 것이다. 무려 9년여 전의 전시회이지만, 나는 지금도 가끔씩 그 기억을 꺼내보곤 한다. 이 전시회는 내가 미술에 대해 가지고 있던 편견을 깨고 새로운 시각을 가질 수 있게 했다.

우리는 흔히 하나의 예술 작품에는 하나의 해석만이 존재한다고 굳게 믿는다. 우리는 소위 '캐논화'되어버린 작품의 교과서적인 의미만을 배우는 것이다. 이러한 고정관념을 가진 사람으로서, '정물화'에 대한 전시에 무언가 센세이셔널한 것이 있을 것이라고는 생각하지 못했다. '정물화는 지루하다'는, '정물화는 화가가 얼마나 섬세하게, 얼마나 실제 사물과 똑같이 그려내는지를 자랑하는 수단'일 뿐이라는 편견에 사로잡혀 있던 사람에게 <사랑하는 정물, 정물화의 세계>라는 전시회는 이러한 편견을 날려버리기에 충분한, 예술 작품에 다양한 해석을 입힐 수 있게 하는, 의미 있는 전시였다.

전시장에 들어서면 바로 눈앞에 네덜란드 정물화가들의 바니타스(Vanitas) 정물화가 펼쳐진다. 바니타스란 인생의 덧없음을 뜻하는 용어로, 네덜란드 정물화가들은 그림 속 사물을 통해 인생의 허무함과 덧없음을 표

현한다. 주로 해골, 썩은 과일, 모래시계, 연기, 비눗방울, 악기 등이 등장하는데, 해골은 언젠가는 죽는다는 죽음의 확실성을, 썩은 과일은 나이가 드는 것을, 비눗방울, 연기, 시계, 악기는 짧은 인생을 의미한다. 꽃도 순간의 상징으로 자주 등장한다. 하얀 벽과 주황빛 조명이 가득한 공간으로 발을 내디딘 첫 순간, 눈앞에 가장 먼저 보이는 것이 '인생의 덧없음' '존재의 스러짐'이라니, 굉장히 인상적인 시작이 아닐 수 없었다. 그저 그렇게 그곳에 놓여 있는 존재들은, 생기도 없이 무표정하게 그저 그렇게 그곳에 놓여 있을 뿐이다. 존재는 존재했고, 캔버스 위에 그려진 테이블 위 존재들은 자신의 무게만을 그대로 간직한 채 스러져가는 것이다. '와카(和歌)'에 자주 등장하는 인생의 무상함(はかなさ)이라는 일본 정서가 이 인상적인 시작과 관련이 있지 않을까 하는 생각도 함께 들었다.

정물화로 가득 차 있는 공간에서 한 가지 더 신선했던 것은, 우리말로 '정물화(靜物畵)'라고 불리는 형식이 영어로는 'Still-Life Painting'이라고 불린다는 것이었다. 본래 여기에서 'still'의 뜻은 고요한, 정지한'으로, 'Still-Life'는 말 그대로 '정지하여 움직이지 않는 물건'이라는 뜻이지만, 그림들을 보고 있는 나에게 'still'이라는 단어는 '아직도, 여전히'라는 뜻으로 다가왔다. 그림들을 응시하고 있노라면 '아직도 삶(생명)을 가진 존재'라고 해석할 수 있다는 생각이 들었다.

정물화를 이야기하는 데 있어서 무수히 많은 정물화의 소재로 등장하는 '사과'를 빼놓을 수는 없을 것이다. '사과'라는 존재는, 화가 자신만의 방식으로 캔버스 안에 '놓여진다'. 물론 사과는 정지하여 움직이지 않는 물건이지만, 동시에 화가가 몇백 년 전에 보았던 그 사과는 아직도 생명을 가진, 무게를 가진 하나의 존재이다. '놓여진' 사과는 자신의 무게를 온전히 캔버스 안에 내려놓고, 지점토에 남겨진 손가락 자국처럼, 보는 이에게 자신의 무게를 보여준다.

특히 세잔의 사과는 그 존재의 무게감이 숨막힐 듯이 나를 압도했다. 그는 테이블 위의 사과들을 그렸을 뿐이지만, 그림에는 그것보다 더 많은 것이 있었다. 사과들은 지금-여기에 존재했다. 이 경험은 나를 압도했을 뿐만 아니라, 정물화를 대하는 나의 태도를 송두리째 바꾸었다. 나는 세잔이 막 사과를 그리기 시작했을 때의 '그 사과'를 보고 있다고 느꼈던 것이다. 이 예상치 못한 경험에서, 나는 화가와 관객 사이의 커뮤니케이션이 가능하다는 것을 완벽하게 이해하게 되었다. 또한, 다양한 관점에 의해 다양한 해석이 있을 수 있다는 것을 깨달았다. 교과서에 서술되어 있던 정물화의 정의와는 판이하게 다른 'still-life'가 있었기 때문이다.

또 하나 인상적이었던 작품은 일본 작가인 아리타 아키라(Arita Akira)의 <10개의 병>이다. 그저 10개의 유리병이 가지런히 놓여 있는 그림이다. 화려한 색감도 없고, 정교한 구도도 없다. 10개의 병은 지금-여기 놓여 있을 뿐이다. 한 개 한 개의 병이 자신의 무게를 캔버스 위에 내려놓은 채로. 존재는 여전히 존재하며, 그 무게는 여전히 무겁다.

이렇듯, 나의 정물화에 대한 인식을 송두리째 바꾼 이 전시회는 잊히지 않을 소중한 경험으로 남았다. 5개월 정도의 전시 기간 동안 같은 전시를 보러 수 차례 미술관을 찾게 한 전시회는 이것이 처음이었다. '정물화'를 주제로 하여, 인상주의 화가들의 정물부터 입체주의 화가들, 그리고 현대 작가들의 정물화까지 폭넓은 시대를 아울러 네덜란드, 미국, 일본 등 다양한 대륙의 작가들의 작품을 한데 모아두었다는 것 자체로도 의미 깊다고도 할 수 있을 것이다. 하지만 그것을 넘어 '사랑하는 정물'은 내가 정물을 '사랑하도록' 만들었으며, 정물이 단순히 정지해 있는 물체가 아니라, 존재의 무게를 느낄 수 있는 여전히 살아 있는 존재였음을 깨닫게 했다. 캔버스 위의 사과는 놓여 있을 뿐이지만, 관객이 응시하는 '그' 사과는 관객의 마음속에서 숨 쉬며 자신의 무게를 묵직하게 자리 잡게 한다.

*review*
*12*

# 택시

**조혜림**

무라카미 하루키와 <중경삼림>의 영원한 팬
10대 때부터 지금까지 끊임없이 라디오를 들어온
라디오 키드이자 사이키델릭 장르와
밴드 음악, 올드 팝 러버.

택시란 존재는 참 미묘하다. 대중교통이라기엔 가격이 비싸고, 1인용 서비스치곤 편하지 않을 때가 많다. 피곤한 날 정권 비판이나 전도, '시집 안 갔나요' 같은 간섭과 잔소리를 들으면 피곤함 위로 불필요한 화가 쌓인다. 이럴 거면 차 한 대를 사고 말지 싶다가도 차를 구매하고 유지하는 비용을 생각하면 택시를 타는 게 더 이득이란 결론에 이른다.

사회 초년생일 땐 택시 때문에 쓸데없는 변명도 많이 해봤다. "혜림 씨 택시에서 내리는 거 봤어. 오늘 늦잠 잤구나?" 회사 동료가 택시에서 내리는 내 모습을 발견하고 말을 건네면 뭔가 게으르고 과소비를 하는 사람이 된 것 같아서 부끄러웠다. 내 돈 주고 탄 건데 뭐! 하지만 그렇게 내 돈의 쓰임에 의연해지기까지 꽤 시간이 걸렸다.

이제는 피곤한 나를 위해 몇만 원의 돈을 쓰는 건 아깝지 않다. 연차가 쌓였고 월급도 늘어난 덕도 있겠지만, 외근이 잦은 일의 특성도 원인이다. 회사 택시를 자주 이용하다 보니 여차하면 카카오 T 같은 어플을 켜는 게 버릇이 됐다. 일상에 깊이 스며든 만큼 택시가 내게 의미하는 바도 달라졌다. 대체로 교통수단에 불과하지만, 이따금 나는 그 안에서 '사람'을 발견하게 된다.

-

한번은 샤데이의 팬이라며 'Smooth Operator'를 틀어주신 기사님이 있었다. 그분은 재즈, 올드 팝에도 일가견이 있으셨다. 특이한 경우였다. 대부분의 택시는 어르신들이 운행한다. 오랜 시간 택시 운전을 한 베테랑부터 퇴직 후 처음 택시 운전대를 잡은 분도 있다. 트로트를 쩌렁쩌렁 신나게 틀어놓거나 정치 이야기를 끊임없이 늘어놓는 기사님은 흔하다. 알지도 못하는 자식 자랑도 자주 하시는데, 그럴 때면 조용히 이어폰을 꺼내 귀에 꽂는다. 하지만 이날은 택시의 선곡이 무척 놀라워, 택시가 움직이는 뮤직박스가 된 듯했다. 기회가 된다면 밤새 달리는 뮤직박스에 앉아 DJ가 된 그의 이야기를 듣고 싶었다. 그날 만난 친구들에게 기사님 이야기를 했더니 왜 그런 분을 이 자리에 모시고 오지 않았냐며 웃었다. 우리는 술 한잔과 함께 기사님의 선곡 'Smooth Operator'를 들었다. 까만 에스프레소에 녹아내리는 설탕 같은 그녀의 목소리는 우리의 밤을 잠들지 않게 각성시켜 주었다. 그녀의 목소리는 새까만 어둠 속을 홀로 달릴 그를 달콤 씁쓸하게 흔들어 깨우고 있겠지. 나는 다시 한 번 그 기사님의 택시를 탈 수 있길 바랐다.

-

어느 봄날도 기억이 난다. 따스한 기운으로 가득했던 날, 미팅에 늦을 것 같아 마포에서 상암으로 가는 택시를 불렀다. 노년의 택시 기사는 밝은 목소리로 인사를 건넸다. 눈이 잦고 기온차가 컸던 겨울이 끝나가고 오랜만에 창문이 열린 택시를 탄 것 같았다. 차가 속력을 낼수록 차 안에는 바람과 함께 미약하게나마 봄도 함께 차올랐다. 창밖 사람들의 옷은 가벼웠고 횡단보도 앞 과일가게에서는 색색의 과일들이 햇살을 쬐고 있었다.

"벌써 딸기가 나왔네요?"

"그렇죠. 봄이 제철이라. 그런데 요즘 하우스 딸기가

많아서 겨울에도 많이 팔더라고요."

"그렇구나."

아저씨는 멈춰 선 횡단보도 옆 과일 가게를 물끄러미 바라보았다. 잠시 후 신호가 바뀌었고 뒤차의 클랙슨 소리가 들리고 나서야 그는 "아차!" 하는 소리와 함께 다시 액셀을 밟았다.

"이 안에 있으면 모든 계절이 똑같이 느껴져요. 벌써 딸기 철이구나. 내가 계절이 가는지도 모르고 무식하게 살았구나."

그가 넋을 잃고 물끄러미 바라본 건 봄철의 딸기일까, 아니면 그가 이 차 안에서 겨우내 잃어버린 아쉬운 세월일까. 난 그저 말을 잇지 못한 채 그의 회색 머리칼을 묵묵히 바라봤던 것 같다.

-

몇 년 전엔 택시 기사님 덕에 살아남은 일이 있었다. 위경련으로 배를 부여잡고 택시를 잡았는데, 일어설 힘조차 없어 차 안에서 기진맥진했다. 그때 나를 업고 응급실에 데려다준 사람이 기사님이었다. 회사에서 일을 하던 중 할머니가 돌아가셨단 전화에 엉엉 울며 택시를 붙잡은 날도 생각난다. 검은색 옷으로 갈아입고자 집을 향하면서도 황망한 마음에 아무에게도 연락을 못 했다. 몸과 마음이 눈물로 젖고 슬픔의 부피가 장마철 저수지의 물처럼 불어난 그 순간 유일하게 나를 위로한 사람이 기사님이었다. 짧은 시간이었지만, 그는 슬픔에 익사할 뻔한 나를 구했다. 그가 없었으면 나는 그 순간을 어떻게 견뎠을까.

-

잡지에서 비행기를 타면 사람이 더욱 감성적으로 변한다는 글을 읽었다. 내용이 자세히 기억나진 않지만 비행기를 타면 뇌에 어떠한 작용이 발생해 시답잖은 로맨틱 코미디 영화에도 눈물을 흘리게 된다는 것이다. 약간 억지스러운 궤변이었지만, 순간 여러 상상이 들었다. 비행기가 그렇다면 택시는 더욱 심하지 않을까? 좁고 밀폐된 공간과 둔탁한 기름 냄새, 메스꺼운 가죽 냄새, 끊임없이 변화하는 풍경, 그리고 돌아보지 않는 타인의 뒷모습.

그런 공간의 특성 탓에 내가 울었던 것인지, 울고 싶

은 순간에 택시를 타야 했던 것인지 지금은 정확히 떠오르지 않는다. 다만 그 공간에서 꽤 많은 위안을 얻었다는 사실과, 나 같은 손님이 없던 시간에 기사님은 홀로 택시를 지켜야 했을 것이라는 추정은 기억이 난다. 그 밀폐된 공간에서 365일을 보낸다는 걸 나로서는 상상할 수 없다. 매일 똑같은 사각의 공간, 기계적인 목소리의 지시. 아무리 앞과 옆의 풍경이 바뀐다 해도, 매일 할당된 얼마만큼의 고독을 삼켜야 하루가 끝날까.

-

돌아보면 택시에 대한 최초의 기억도 기사라는 사람에 얽혀 있다. 어릴 적 몸이 아프거나 늦잠을 잘 때면 엄마는 16층 아저씨에게 연락해 나의 등굣길을 부탁하곤 했다. 택시 운전을 하던 그분은 말수가 적으셨지만 가끔 서랍을 열어 요구르트나 매운 껌을 하나씩 나눠 주곤 했다. 그러면 나는 새초롬하게 새콤달콤한 요구르트를 입에 물었다. 버스 길과는 다른 찻길 풍경을 창으로 바라보며 떠나는 등굣길은 여행처럼 즐거웠던 기억이 난다. 그분은 급하거나 몸이 불편한 아파트 이웃들도 목적지까지 태워다 주곤 하셨다. 종종 6층 할머니의 장바구니를 집 앞까지 들어다 드리는 모습도 봤다. 작은 요구르트처럼 달콤하고 그리운 맛이 나는 추억이다.

앞으로도 오랫동안 나는 서울살이를 해야 할 것 같다. 수백 개의 버스 노선, 초보자의 뜨개질처럼 뒤엉킨 지하철 노선이 무겁게 느껴질 때면 나는 또 택시를 부를 것이다. 도대체 얼마나 많은 돈을 또 길에 뿌리게 될까? 생각하니, 이상하게도 웃음이 난다. 어떤 날에는 택시비가 전혀 비싼 것처럼 느껴지지 않는다. 오히려 한 인생을 덤으로 받은 기분이다. 다양한 사람의 이야기가 택시비로 긁은 카드 값만큼 잔뜩 쌓인다.

*review*
*13*

# 슬프고 달콤하게, 황도는 유혹의 맛

최희지

주로 술을 마시고 때때로 소설을 씁니다.

나는 그날 밤 도둑이 든 방에 있었어요. 그날 밤은 유난히 달이 밝아서 도둑은 안 들겠다고 농담처럼 말했는데, 마치 나를 비웃는 것처럼 진짜 도둑이 들고 말았죠.

나는 창문을 반쯤 열고 맥주 한 캔을 땄어요. 지난여름에 사놓고 깜빡 잊은 하와이안 셔츠가 벽에 걸려 있었고요. 그 셔츠는 사실 내가 입기엔 너무 크고 또 화려했어요. 셔츠를 살 때만 해도 나에겐 연인이 있었고, 연인을 놀리기 위해서 깔깔 웃으며 셔츠를 골랐어요. 하지만 셔츠의 존재는 그와의 이별만큼이나 쉽게 잊었어요. 청소를 하다가 발견하지 못했다면 영원히 기억 속에 묻혀 있었을지도 몰라요.

사실 이 이야기를 하고 싶었던 건 아니에요.

반쯤 열린 창문으로 조금 눅눅한 바람이 들어왔어요. 비 냄새를 품고 있었지만 비가 올 것 같지는 않았어요. 그렇게 달이 환한데 비가 오다니요. 사실 그날 맥주 한 캔을 다 마시지 못했어요. 맥주를 마시다 말고 갑자기 찾아온 사람을 마중하러 나가야 했거든요. 늦은 밤에 찾아온 친구는 방금 전에 7년 동안이나 함께한 고양이 까미가 죽었다고 말했어요. 나는 친구를 방 안으로 들였죠. 친구의 옷에는 까미의 털이 여전히 붙어 있었어요.

친구의 어깨를 감싸고 침대 위에 앉혔어요. 침대에는 까미를 닮은 고양이 인형이 있었는데, 친구가 그걸 부여잡고 오열하기 시작했어요. 그녀를 토닥이면서도 내심으로는 인형을 적시는 친구의 눈물이 약간은 성가셨죠. 하지만 모르는 척했어요. 나 역시 까미를 오래 보아왔고, 친구 못지않게 까미를 사랑했으니까요. 다만 까미는 너무 오래 아팠어요. 신부전으로 투석을 하느라 고양이답게 뛰어다니지 못한 지 2년이 넘었죠. 까미는 원래 아픈 애였어요. 다 살지 못하고 갈 거라는 걸 친구도 저도 이미 알고 있었어요.

까미와 함께 찍은 사진 몇 장을 친구가 보여줬어요. 한 장씩 넘길 때마다 친구의 울음 소리가 점차 커졌고, 그때마다 침대의 들썩임도 점점 격해졌어요.

나는 부엌으로 나가 황도 캔 하나를 꺼내어 따고, 반원 모양의 황도를 세 등분으로 잘랐어요. 투명한 그릇에 담아 포크와 함께 친구에게 내밀었어요. 맞아요. 사실 나는 황도에 대해 말하고 싶었어요.

캔 속에 든 황도는 내가 10살 때 처음 맛본 후로 가장 좋아하게 된 음식이에요. 어른이 된 후로 좋아하는 음식은 늘어났지만 황도만큼의 충격을 주지는 못했죠. 선명한 주황색의 황도. 반짝반짝 빛나는 황도. 달콤하고 보드랍고 매끄러운 황도. 초승달 모양으로 자른 황도를 뾰족한 포크로 콕 찍어 올리면 달큼한 향이 흘러나와, 어금니 부근이 따끔따끔 아프기 시작해요. 커다란 과육을 통째로 넣기 위해 혀를 가장 깊은 곳까지 끌어당겨 입술 사이에 감춰져 있던 어두운 동굴의 크기를 확장하곤 했어요. 단내가 점점 가까워지면 나는 벌써부터 황도를 머금은 듯 입술을 동그라미에 가깝게 다듬었죠.

황도 첫 조각은 반드시 통째로. 황도의 둥그런 표면은, 마치 첫 키스를 하던 날 입술 사이로 파고들던 첫 남자의 혀처럼 매끄럽고 야물지요. 안쪽을 핥으면, 서툴게 맞닿았던 혀의 오돌오돌한 돌기를 훑는 느낌이 나요. 그래서 나는 첫 키스를 한 후로는 황도를 과감하게 씹는 걸 망설인답니다. 마치 누군가의 혀를 깨무는 느낌이라서, 동시에 금기를 범하는 짜릿한 기분이 들어서. 잘린

혀가 입 속에서 꿈틀거리지는 않을까, 그런 잔혹한 상상이 은근슬쩍 파고든답니다.

통통한 황도를 콱 하고 씹으면 소리 없이 서걱 갈라지고. 잇속으로 파고드는 연약함을 사정없이 쿡쿡 씹어냈지요. 무른 것치고는 여물고 여문 것치고는 한없이 무른 과육을 짓이기며 입안의 빈 공간 곳곳으로 채워 넣었어요. 황도는 마치 달콤하기 짝이 없는 금제의 그것과도 같아서, 나는 하와가 뱀의 유혹에 따고 말았다는 선악과가 사실은 황도 캔이 아닐까 남몰래 확신하고 있답니다.

친구는 눈물에 젖어 엉망이 된 얼굴로 황도를 씹었어요. 괴로운 와중에도 친구의 여린 볼 안쪽 살을 간질이는 달콤함이 그녀를 죄책감으로 이끌 거라는 걸 알았죠. 슬픔을 파고드는 끈적끈적하고 매끈매끈한 덩어리의 파편들. 약간이나마 친구가 황도의 단 향에 홀리기를 바랐어요.

나는 달빛이 밝은 방 안에서 주홍빛의 선악과를 유혹처럼 내밀었어요. 친구의 슬픔을 설탕 발린 위로로 덧씌웠어요. 까미는 이제 곁에 없는 고양이. 까미의 공백이 지속할수록 친구의 눈물이 점차 말라갈 거라는 걸 알았어요. 슬픔이 가시는 건 아니지만, 그 위를 달콤함으로 덮어버리면 종내 보이지 않게 될 거라고. 나의 위로는 뱀처럼 간악하지만 또 영리하지요.

친구의 입가로 투명한 과즙이 흘러내리는 걸 보고 안심했어요. 나는 그런 식으로 슬픔을 덮어 왔어요. 셔츠의 주인이 될 뻔한 옛 연인과의 이별이 그랬고, 15년 전에 세상을 떠난 아버지와의 안녕이 그랬으니까. 사춘기 시절 가장 친했던 친구와 다툼이 있었을 때도, 꼭 가고 싶었던 회사 입사 시험에서 떨어졌을 때도, 지나가던 이름 모를 남자에게 별안간 가슴을 잡혔을 때도. 나는 황도 캔을 땄어요. 소리 없이, 사정없이 황도 과육을 단단한 어금니로 짓이겼지요. 첫 남자의 혀를 닮은, 설탕물이 흐늘흐늘하게 스며든, 과일의 모습을 해놓고 전연 신선하지 않은, 세어보지 않아 얼마나 오래되었는지 가늠치도 못한, 그럼에도 깡통을 열면 항상 반짝반짝 빛나는 황도를. 입 속에 한참을 물고 그저 우물거렸지요. 슬픔 위로 달콤함을 덧발랐죠. 케이크 위 꽂힌 설탕 시럽으로 코팅한 과일처럼.

영원히 황도만은 나를 배신치도 상처 입히지도 않을 거라고,

믿어요.

10살이 되던 해 열꽃에 뒤덮여 수두를 앓았던 날 처

음으로 먹었던 이후로, 황도는 언제나 변치 않는 신앙이었어요.

나의 슬프고 달콤한 신앙. 나의 무르고 야무진 신앙. 나의 간악하고 영리한 신앙.

친구가 집으로 돌아간 후, 나는 다시 혼자가 되었어요. 온전히 나의 것이 아닌 이염된 슬픔을 품고 나는 방안에 있었어요. 책상엔 먹다 만 황도 한 그릇과 김빠진 맥주만 남았어요.

언제 잠이 들었는지 기억이 안 나요. 물기를 머금은 바람이 열린 창문 새로 들어왔다 나가기를 반복하는 동안, 나는 친구가 머물렀던 침대 위에 멍청한 자세로 누워 있었을 거예요. 미세한 소리에 잠에서 깨었죠. 낯선 인기척에 화들짝. 몸을 일으켰어요. 누군가와 눈이 마주쳤는데, 흰 옷에 흰 모자를 쓴 남자였어요. 너무 놀라 몸이 딱딱하게 굳었죠. 나는 무의식적으로 말려 올라간 잠옷 치마를 서둘러 내렸어요. 남자는 슬로 모션으로 움직였어요. 아주 천천히. 그래서 나는 이 장면이 사실은 꿈은 아닐까 생각했어요. 남자는 우아한 몸짓으로 책상을 밟고 훌쩍 뛰어 열린 창 너머로 사라졌어요. 그토록 달빛이 환하게 빛나던 그날 밤에 설마 도둑이 들다니요.

대체 누가 상상이나 했겠어요?

책상 위에는 여전히 다 마시지 못한 맥주 한 캔과 먹다 남은 황도 그릇이 놓여 있었어요. 그리고 짓이겨진 발자국이 반절 정도 찍혀 있었어요. 남자가 사라지고 난 후에도 나는 멍하니 방 안에 앉아 있었답니다.

누군가 이 이야기를 듣고 그래도 큰일이 없어 다행이라고 했어요. 경찰 아저씨는 흰옷을 입고 들어온 도둑을 미친놈이랬어요. 검은 옷을 입어도 모자랄 판에 흰옷을 입는 도둑이 어디에 있냐고요. 나는 그 말에 웃었어요. 웃으면서 경위서를 썼어요. 손이 가늘게 떨렸지만요. 집주인 아저씨는 방범창을 달아주겠다고 약속했어요.

방으로 다시 돌아온 나는 책상을 닦고 벽에 걸려 있던 하와이안 셔츠를 쓰레기봉투에 넣었답니다.

그리고 황도 캔을 땄어요. 도둑이 들었던 방 안에서요.

어김없이 주홍빛으로 반짝이는 황도 한 조각을 입에 가득 욱여 넣고 우물거렸죠.

뭐, 그런 일이 다 있었지, 곱씹다가.

아, 황도. 정말 지겨울 만큼 들쩍지근하다, 입술 사이로 단내를 풍기며 웅얼거렸죠.

*review*
*14*

# 대학로의 광전사

**홍유진**

독립출판사 광전사(狂傳社)의
전속 작가 겸 대표 겸 편집부 겸 영업부 겸 알바생.
<스파이 프린-쎄쓰 이문영> 시리즈, <망한 여행사진집>,
<사망견문록> 등을 쓰고 만들었습니다.

## 1. 사랑도 학습이 됩니까, 휴먼?
## - 뮤지컬 <어쩌면 해피엔딩(2020)>

이 리뷰는 해당 작품의 결말을 포함하고 있습니다. '언젠가 <어쩌면 해피엔딩>이 다시 무대에 오르면 난 꼭 그 공연을 볼 것이다! 그런데 결말은 미리 알고 싶지 않다!' 하는 분들은 책 페이지 몇 장 딱 잡고 바로 다음 리뷰로 넘겨주시길 바랍니다.

체코의 극작가 카렐 차페크는 1920년에 희곡 <로줌 유니버설 로봇(이하 R.U.R.)>을 발표했습니다. 브레이크 없는 기술의 진보, 값싼 노동력을 추구하는 자본 원리에 말살당한 인간성, 개인의 의식이 없는 군중 심리의 위험성, 인간 본질에 대한 탐구 등, 이런 주제 의식에 시대를 앞서 나간 상상력을 덧댄 전설적인 작품이었죠. 무엇보다도 <R.U.R.>에서 처음 등장한 '로봇'이라는 용어는 과학 기술과 SF 장르의 예술 양쪽에 기념비적인 영향을 끼쳤습니다. 이 연극에는 겉모양은 사람과 비슷하지만 내부는 다른 원리로 설계된 인공생명체 '로봇'이 다수 등장하는데, 카렐 차페크의 시대에는 기술상의 한계로 인간 배우가 로봇을 연기할 수밖에 없었습니다. 하지만 어쩌면 차페크는 미래에 노동력을 상실한 인간이 예술마저 포기해버리고 자신의 무대를 로봇 배우가 점령하는 불길한 상상을 했을지도 모르겠네요. 그래도 그나마 다행이라고 해야 할지, 100년이 지난 2020년에도 아직까진 사람이 로봇을 연기하고 있습니다. 뮤지컬 <어쩌면 해피엔딩>에서 말입니다.

그나저나 이거, 살면서 공연 하나 보기가 이렇게 어려웠던 적은 처음입니다. <어쩌면 해피엔딩>은 이미 두 번이나 올라왔던 인기 레퍼토리인데, 그때는 전부 제 개인 사정으로 놓쳤거든요. 그러다가 이번에 초연 레전드 멤버들이 돌아온 대박적인 세 번째 기회가 왔습니다. 허나 우리의 스타였던 그분들은 모 의학 드라마에서 공전의 히트를 치면서 모두의 스타가 되었고, 그 결과 1차 티케팅은 앱이 튕기면서 장렬히 전사. 하지만 괜찮아요! 2차 예매 때는 다른 공연에서 인상 깊게 봐둔 배우의 공연 티켓을 쟁취했거든요. 와, 기대된다!

[Web발신](예매처)<어쩌면 해피엔딩> 배우의 갑작스러운 영화 촬영 일정 변경으로 7월 공연 회차의 캐스팅을 부득이하게…(이하 생략)

아니다, 또 실패했네. 게다가 극이 계속 입소문을 타고 표 구하기가 더욱 어려워지면서 재탑승까지는 꽤 많은 피, 땀, 눈물이 필요했습니다. 그나마 겨우 예매에 성공했던 마지막 티켓 오픈으로부터 이틀 후, 이번엔 광화문 광장이 뒤집어지고 맙니다……. 여기 오기까지 유례없는 곡절을 겪고 나니 예전엔 당연했던 극장의 일상에 새삼 감사하게 되는군요. 이제 객석으로 들어가기에 앞서, 본 공연은 질병관리본부 및 서울시 방역 방침을 준수한 거리두기 좌석제가 (일괄 취소 후 재예매라는 무시무시한 방법으로) 적용되었으며 저 또한 극장 측 방역 수칙에 적극적으로 협조했음을 밝힙니다. 오늘의 공연이 나의 개고생보다 가치 있기를.

미래 도시 '서울 메트로폴리탄' 어딘가엔 주인 없는 인공지능 로봇들이 수납된 낡은 아파트가 있습니다. 아파트 528호의 거주자는 '올리버'. 지금은 고객 지원도 안 되는 '헬퍼봇5' 모델이죠. 그는 오랜 세월 작은 방 안에 틀어박혀 주인이자 친구였던 인간 '제임스'가 돌아오기만 기다리고 있습니다. 밤 동안 충전이 끝나면 매일 아침 뉴스를 듣고, LP 레코드를 듣거나 유일한 친구 '화분'에게 재즈 잡지를 읽어주는 게 일상의 전부. 하지만 화분에게 '내 방 안에는 충분히 흥미롭고 근사한 것들이 많다'고 밝게 노래하는 걸 보면 방구석 폐인 생활에 나름 만족하는 것처럼 보입니다. 어쩐지 저랑 닮은 것 같기도 하네요. 집에서 혼자 이런 거 쓰다 보면 사실 지루하고 외로울 때도 있지만 그렇다고 밖에 나가 새 사람을 만나긴 조금 겁나서, 그냥 '집에서도 할 수 있는 일이 많아'라고 스스로 둘러대는 게 말이지요. 아니나 다를까, 올리버도 사실은 자신이 세상과 점점 멀어지는 걸 잘 알면서도 정신승리 중이었던 모양입니다. 월간 재즈 잡지와 교체 부품을 배달해주던 우체부로부터 헬퍼봇5 부품 생산이 중단되었단 소식을 들을 때 쓸쓸한 표정이 스쳐가는 걸 전 봤거든요. 외로움이란 감정을 정확히 인지하지는 못하지만 느끼고는 있었던 거죠. 아이고, 노래는 명랑한데 난 왜 눈물이 나냐.

한편 복도 건너편 531호에는 헬퍼봇6 모델 '클레어'가 살고 있습니다. 헬퍼봇6는 자체 커뮤니케이션 기능이 포함된 더 정교한 인공지능을 탑재한 모델입니다. 그래서 같은 헬퍼봇6 및 호환 가능한 상위 모델과 사회적

네트워크를 형성할 수도 있죠. 그녀는 헬퍼봇5 올리버보다 상황 분석도 빨라서, 주인과의 교류가 끊어지자 홀로 추억 속에 멈춰버린 올리버와 달리 자신이 버려졌다는 사실을 일찌감치 받아들였습니다. 그리고 친구들의 도움을 받으며 현재에 살아남는 데 집중하고 있습니다. 하지만 헬퍼봇6 또한 고객 지원이 끝난 구형인 건 마찬가지. 게다가 신제품일수록 이상하게 내구성이 떨어지는 건 미래의 전자 회사도 지금과 같나 봅니다. 이전 버전인 올리버가 잔고장만 빼면 애X콜만큼은 말짱한 데 반해, 클레어를 도와줄 갤X시… 아니 6 버전 친구들 대부분은 이미 수명을 다했거든요. 지금 클레어도 충전기 고장으로 위기를 맞이했고요. 클레어는 얼마 남지 않은 배터리를 쥐어짜 복도 건너편 이웃에게 도움을 요청하고, 그녀가 528호 문을 두드린 순간 올리버의 일상에도 변화의 균열이 생깁니다.

이 글 맨 처음에 잠깐 소개했던 <R.U.R.>부터 현대의 <터미네이터> 영화 시리즈에 이르기까지, 로봇을 소재로 한 작품은 전통적으로 로봇 진영이 상징하는 기술과 사람의 인간성 간의 대결을 주로 그려왔습니다. 물론 <블레이드 러너>나 <A.I.>처럼 양쪽의 기술-인간성 대립 구도를 뒤바꾼 응용기출도 있었고요. 반면 <어쩌면

해피엔딩>에서는 순전히 인간이 아닌 존재만으로 인간의 감정에 대한 탐구를 시도합니다. 그래서 로봇과 인간 사이의 갈등이나 사람의 이야기는 그다지 중요하지 않습니다. 물론 사람이 전혀 나오지 않는 건 아니고, 배우 한 명이 올리버의 옛 주인 제임스를 비롯한 여러 인간들(과 헬퍼봇 하나)을 연기하기는 합니다. 하지만 인간 등장인물 각각의 비중과 이야기는 전부 단편적이죠. 그는 그저 레코드 속 재즈 가수의 목소리거나, 두 헬퍼봇의 여행길에 잠깐 스쳐 지나간 모텔 종업원일 뿐입니다. 심지어 제임스조차도 무슨 사정 때문에 그렇게 아끼던 올리버의 곁을 떠나야 했는지 끝까지 나오지 않습니다. 인간과 로봇 집단 사이 이질감과 긴장을 세기말 감성을 통해 표현할 필요가 없다 보니, <어쩌면 해피엔딩>은 다른 로봇 SF와 달리 특이하게 아날로그적인 분위기로 가득합니다. 조촐한 재즈 밴드 구성으로 반주하는 뮤지컬 넘버에, 의상이나 무대 미술도 클래식한 디자인을 주로 채용하고 있죠. 이 특징이 가장 두드러지는 부분은 올리버의 취미가 재즈 음악이라는 설정인데요. 여기서 그가 자주 읽던 재즈 잡지의 한 대목을 잠깐 살펴볼까요?

'듀크 엘링턴의 즉흥 연주는, 같은 멜로디를 반복하면서도 그 아래 하모니는 끊임없이 변주한다.'

기계적인 작업을 위해 태어난 로봇과 끊임없이 변주하는 즉흥성의 조합이라니, 언뜻 김치 초콜렛 같은 소리로 들리는데요. 하지만 올리버와 클레어는 극 중 시점에선 이미 기술의 첨단에서 한참 밀려난 존재들입니다. 그 사실을 다시 생각해보면 주인공 로봇들과 흘러간 아날로그 감성의 조합은 의외로 적절하다고 볼 수 있습니다. 실제로 극을 보시면 이 절묘한 조합이 굉장히 사랑스럽답니다.

다시 서울 메트로폴리탄으로 돌아가서 헬퍼봇들의 일상이 어떻게 변주하기 시작했는지 봅시다. 올리버는 클레어의 손에 이끌려 난생처음으로 자신의 방을 벗어납니다. 제임스를 찾아, 또는 반딧불이를 찾아 무작정 떠난 여행. 올리버와 클레어는 새로운 세상을 함께 겪고 또 배웁니다. 그리고 그 과정에서 마법 같은 기적이 일어납니다. 본래 헬퍼봇에겐 프로그래밍이 되어 있지 않았던 사랑이란 감정을 그들 스스로 깨우치게 된 겁니다. 무생물인 로봇이 사랑을 하다니요? 사랑은 생물의 번식을 목적으로 하는 본능이 아니었나요? 글쎄요. 러시아의 아나키즘 이론가 크로포트킨이 주장한 상호부조론이란 개념이 있는데요. 이에 따르면 모든 사회적 존재는 과도 한 경쟁으로 개체 수가 줄어드는 위험을 피하고 종족을 보존하기 위해 서로를 돕고 위하는 방향으로 진화한다고 합니다. 그래서 저는 사랑이 처음엔 종족 보존의 본능에서 싹텄을지 몰라도, 인간이 더욱 다양한 교감을 통해 동족을 더 위할 수 있도록 사랑을 진화시키면서 본래의 영역에서 독립한 개념이 됐다고 생각합니다. 덕분에 사람은 종족 번식과 상관없는 동성도 사랑할 수 있고, 가족이나 동료 등 집단을 향한 헌신, 더 나아가 애국심, 인류애와 같이 추상적인 대상을 향한 애정까지도 품을 수 있죠. 비록 클레어와 올리버는 사람이 아니지만, 그들 역시 현대 인류의 감정과 사회성을 지녔던 만큼 사랑을 배운 존재로 진화할 수 있었을 겁니다.

하지만 클레어의 노후화가 빨라지면서 사랑의 슬픈 이면이 드러나기 시작하는데요. 앞서 말했듯 헬퍼봇6는 이전 모델인 5 버전보다도 내구성이 약합니다. 게다가 부품도 단종되어 수리도 어렵죠. 끝을 향하는 클레어를 구할 방법이 없자 올리버는 괴로워하고, 그런 올리버를 보면서 클레어 또한 힘들어합니다. 헬퍼봇들은 사랑을 배운 결과로 각자 혼자 살 땐 알지 못했던 슬픔 또한 배워버렸습니다. 클레어는 사랑하는 올리버를 고통에서 구하기 위해 결별을 선언하지만, 이미 배우고 기억한

걸 되돌릴 수 없다 보니 각자의 슬픔은 오히려 더욱 커집니다. 결국 둘은 서로를 아픔에서 해방하기 위해 그동안 사랑했던 기억 데이터를 모두 지우기로 합니다. 그러나 그들이 각자 이전의 일상으로 돌아간 후, 기억을 잃은 클레어가 충전기를 빌리기 위해 처음처럼 다시 올리버의 방문을 두드리자 의외의 선택이 드러납니다. 처음 클레어를 만났을 때는 낯선 두려움에 주저하고 또 쓸데없는 자존심에 퉁명스럽게 굴었던 올리버가, 이번엔 기꺼이 문을 열어주고 친절하게 도움을 주거든요. 사실 올리버는 클레어에게 배운 사랑이 자신을 계속 아프게 할 것을 알면서도 이를 간직할 용기를 냈습니다. 사랑은 끝났지만 그 기억은 성장을 남겼고, 클레어를 다시 만났을 때 그는 사랑했던 이에게 전보다 더 좋은 사람… 아니 로봇이 되어줄 수 있었지요. 이처럼 사랑은 배울 수 있기도 하지만 그 자체로도 마음을 키우는 학습이 되기도 합니다.

저는 공연이 끝나고 나면 마로니에 공원 구석에서 혼자 호떡을 뜯어 먹으면서 그날 본 극에 대해 생각해보곤 하는데요. 이번엔 시간이 늦어서 호떡이 없으니 아쉬운 대로 빈손으로 두 로봇 친구들의 다음 이야기를 상상해보기로 했습니다. 클레어는 워낙 강하고 똑 부러지는 아이니까, 올리버의 괴로움을 잠재우기 위해서라면 자신의 소중한 추억과 감정을 몇 번이고 단호하게 끊어버릴 수 있었을 겁니다. 반면 한 번 용기를 냈던 올리버는 매번 고통이 닥치더라도 기쁨과 슬픔을 모두 품는 도전을 거듭하겠지요. 그렇게 두 로봇의 만남과 사랑, 이별은 한동안 계속 반복되지 않았을까 싶습니다. 물론 영원히 계속할 수는 없겠죠. 올리버에겐 언젠가 완전히 고장나 눈을 감는 클레어를 보내야 할 때가 올 테니까요. 그럼 그 이후의 올리버는? 클레어의 곁을 끝까지 지키는 임무를 완수했으니 스스로 전원을 껐을까요? 저는 좀 다르게 생각했는데, 올리버는 클레어가 한때 이 세상에 사랑을 하며 존재했던 흔적을 모아서 미래에 남기는 일에 나머지 수명을 쓰지 않았을까요.

그러고 보니 여러분은 어떤 상상을 하셨을지 궁금하군요. 그 와중에 어떤 분들은 '어떻게 해도 제목처럼 해피엔딩은 못 되잖아?' 하는 의문을 품으셨을 수도 있고요. 하지만 제 생각엔, 그들이 슬픔까지도 감내하고 사랑하면서 더욱 강하고 성숙한 마음을 만들어가고, 그 결과 완성된 사람의 영혼을 얻은 채로 끝을 맞이한다면 그게 '어쩌면 해피엔딩'이 아닐까 싶습니다.

## 2. 3분 대학로

카레 하나 데워 먹을 시간 동안 무대극 리뷰 한 편 뚝딱! 간편하게 읽어볼 수 있는 짧은 무대 이야기를 모았습니다. 아 참, 극의 결말이 너무 노골적으로 드러나지 않도록 신경 써서 쓰긴 했는데요, 그래도 스포일러가 소량 포함될 가능성은 있으므로 예민하신 분들은 주의하시기 바랍니다.

### 연극 <깐느로 가는 길>

IMF가 덮친 대한민국에서 3류 영화사를 근근히 돌리며 먹고사는 직원 한정민과 사장 강신종. 그러나 사실 그들의 정체는 남파 간첩! 그리고 이 무시무시한 스파이들의 임무는 무려… 위대하신 장군님의 콜렉-숀을 완성할 남조선 영화를 북으로 몰래 보내는 것. 왠지 작전의 스케일도 좀 지질한데, 설상가상으로 이들은 그 지령조차 다 완수하지 못해 애를 먹고 있습니다. 극장 딱 한 군데에서 개봉하여 한국 영화 사상 최소인 관객 동원 7명을 기록한 후 감독은 잠수 타버렸다는 전설(?)의 필름 <무제>. 남한 사람들도 모르는 이딴 영화를 김정일이 어떻게 안 거야? 아무튼, 사전에 임무 실패란 없는 북조선의 엘리트 요원들은 어떻게든 <무제>를 북으로 보내기 위해 초강수를 둡니다. 영화가 없으면 만들면 되지! 그리하여 옆집 접골원에서 알바 뛰는 시나리오 작가 지망생과 전직 에로배우 아저씨, 그리고 동네 노숙자와 방구석 폐인, 사채업자 출신 아마추어 연기자들이 모인 B급 영화 제작팀이 (급조로) 출범하게 되는데…….

이런 시놉시스를 읽고 또 연극 중간까지 옆구리 아프게 웃으면서, 이념을 뛰어넘어 예술에 대한 열정을 함께 불태우는 평화의 메시지를 기대한다면 땡! 이건 그런 휴머니즘 코미디가 아니라, B급의 탈을 쓴 딥블랙 코미디입니다. 저도 중반부에 분위기 홱 바뀌면서 당황했어요. 근데 이거, 왠지 낯설진 않네요. 아, 기억났다. 호랑이 담배 피우던 대학 시절 희곡 개론 리포트 쓰느라 아르코극장에서 <불가불가> 봤을 때 딱 그 느낌입니다. 다른 말 없이 우스꽝스럽게 '불가불가!'만 외치는 늙은 배우를 보면서 아무 생각 없이 웃고 있는데 갑자기 분위기 싸해지는 거임.

적절히 터지는 B급 유머와 영화 촬영 현장을 연극 무대 위에 구현한 독특한 연출은 누가 봐도 흥미롭지만, 주인공이 선택한 결말만큼은 반응이 많이 갈릴 듯합니다. 아마 받아들이지 못하고 작위적이라고 느끼는 관객들도 많을 거예요. 예술이 밥 먹여주나? 그게 뭐라고 이렇게까지 하지? 제 생각엔 아마도 예술이 '매슬로 인간 욕구 5단계'의 가장 꼭대기, '자아실현 욕구'를 푸는 데 꽤 적절한 도구라 그런 것 같습니다. 글을 쓰는 것, 그림 그리는 것, 노래나 다른 어떤 걸 보여주는 것. 그렇게 자신을 표현하는 맛을 보기 시작하면 쉽게 놓을 수 없게 되죠. 인간의 가장 최고 수준 욕구와 직접 맞닿아 있기에 예술엔 사람 미치게 만드는 마력이 있다, 뭐 그렇게 이해하시면 마지막 장면에서 받는 충격이 좀 덜하지 않을까요.

**연극 <아들>**

주인공 '피에르'는 전처 '안느'의 부탁으로 이혼 때 엄마를 따라갔던 아들 '니콜라'를 맡게 됩니다. 니콜라는 학교도 못 갈 정도로 심각한 우울증에 시달리고 있었는데, 환경을 바꿔보면 울적함도 개선이 되지 않을까 해서 내린 결정이었죠. 하지만 자신의 병을 잘 이해하지 못하면서 조바심만 내는 아빠, 이복동생 '샤샤'를 낳고 산후우울증의 기미를 보이는 아빠의 새 아내 '소피아' 사이에서 니콜라의 심리 상태는 더욱 불안해져만 갑니다.

<아들>은 정신건강 질환을 겪는 이와 그 가족들이 겪을 수 있는 갈등과 고통을 상상 이상으로 현실적이고 정교하게 묘사합니다. 그렇기 때문에 본인 또는 가족이 비슷한 고충을 겪고 있는 관객이라면 보기 전에 마음의 준비는 단단히 하셔야 할 겁니다. 그냥 하는 소리가 아니고 진짜 힘들어요. 예컨대 입원 치료를 강하게 권하는 정신과 의사와 싫다고 떼쓰는 니콜라 사이에서 피에르와 안느가 결정에 내몰리는 장면에선 저까지 그 압박감에 미쳐버릴 뻔했거든요. 그렇다고 아예 보지 말라는 뜻은 아닙니다. 이 극사실주의 연극은 오히려 자신의 상황을 제삼자의 입장에서 관찰할 기회가 될 수 있습니다. 입에 쓴 약이 몸에 좋다는 말이 있잖아요. 이건 좀 많이 쓰긴 하지만……. 자신이 피에르나 안느의 입장이라면 내 어떤 말과 행동이 아픈 가족을 불안하게 하는지 볼 수 있고요. 그리고 니콜라라면 또 다른 나와 공감함으로써 위로받는 동시에, 그동안 오해하고 있던 가족들의 말과 행동 속 진심을 보는 게 조금 더 수월해질 수도 있습니다.

그리고 이건 제가 개인적으로 생각하고 꼽은 대사인데, 이 약 중에서도 가장 입맛 쓰지만 중요한 한 줄이 있

어요. 당신이 피에르나 안느일 경우는 물론이고, 니콜라도 기억하고 있어야 할 극 중 '의사'의 말입니다.

"이건 사랑의 문제가 아니에요. 이 경우엔, 사랑만으론 충분하지 않아요."

**연극 <조씨고아, 복수의 씨앗>**

사실 이 작품은 명동예술극장에 오른 국립극단 레퍼토리라 엄연히 말하자면 3분 '대학로'는 아니지만, 좋은 게 좋은 거니까 얘기나 좀 해봅시다. <조씨고아, 복수의 씨앗>의 원전은 13세기 중극의 잡극으로, 간신의 음모로 멸문지화를 당한 대재상 조순 일가의 유일한 혈육이 조씨 집안 문객 정영의 헌신 덕에 살아남아 가문의 복수를 완성하는 이야기를 담고 있습니다. 13세기면 원나라 때, 한국은 고려 적이거든요. 이때의 연출 기법을 충실히 복각하면서 이 극은 현대 연극과 다른 독특한 분위기를 갖게 되었습니다. 과장된 말과 몸짓으로 나타나는 고전적인 연기, 암전이 없는 무대와 숨기지 않고 다 꺼내놓은 소품들, 배역이 죽음을 맞으면 그대로 무대를 걸어나가는 배우들. 현대극에 익숙한 관객들에겐 이런 요소들, 특히 배우들이 대놓고 퇴장하는 모습이 낯설 수도 있는데요. 이를 좀 더 쉽게 받아들일 수 있도록 각색 과정에서 추가한 배역이 '묵자'입니다. 검은 부채를 펼쳐 죽은 자의 눈을 감기고 퇴장하는 길을 인도하는, 초월자 혹은 인간 이외의 어떤 존재. 무대에 늘 머물러 있지만 눈에 안 띄는 검은 옷으로 온몸을 가리고 한마디 대사도 없는 이것은 사람인가 장치인가. 그런데도 개인적으로는 묵자가 가장 기억에 남는 인물이었어요. 극 전반에 개성적인 '그림'을 만들어주는 것도 묵자고, 엔딩에 나비와 함께 나타나서 딱 한 번 대사 한마디를 하는데 이게 또 작품 전체의 정서를 관통하거든요. 그야말로 묵자 자체가 '각색의 한 수'입니다.

그리고 또 하나의 각색의 한 수는 천한 시골 의원의 핏덩이와 귀족 가문의 마지막 생명의 무게를 동일하게 맞춘 부분이 아닐까 싶어요. 그 시절 <조씨고아>엔 윗전으로 섬기던 가문을 구하기 위해 자기 아들의 목숨도 기꺼이 맞바꾸는 정영의 행위를 통해 충절을 강조했다면, 현대의 <조씨고아>에서는 원작에선 없다시피 했던 정영의 고뇌를 더 깊게 파냈습니다. 그래서 우리는 납작한 충신 대신 자신이 맺은 약속의 무게에 묶여 비극에 휘말려가는 평범한 남자의 모습에 공감할 수 있었죠. 이 초점을 돌리지 않았다면 묵자가 복수가 남긴 허무 속에 던진 마지막 한마디, '인생은 금방이구나. 우환을 만들지도 당하지도 마시고 그저 좋게만 사시다 가시기를'이란 대사에 관객들이 울지는 못했을 겁니다. 단언컨대 <조씨고아, 복수의 씨앗>은 고전을 가장 영리하게 재해석한 좋은 예입니다. 다음에 또 무대에 오른다면 꼭 볼 것을 추천.

**연극 <존경하는 엘레나 선생님>**

텍스트가 꽉 차 있지만, 극 내내 탄탄한 긴장감으로 차 있어서 연극을 자주 보지 않는 관객에게도 지루하지 않을 작품입니다. 그렇다고 그게 즐겁고 행복하다는 뜻은 아니고요. 특히 임산부, 노약자, 고혈압 환자와 기타 스트레스에 취약하신 체질, 그리고 교직 종사자분들은 화딱지 터지지 않도록 조심하시길 바랍니다. 제목과 달리 존경 따위는 개나 줘버린 호래자식들의 교권 침해가 여러분 눈앞에서 계속 펼쳐지기 때문입니다. 게다가 '엘레나'의 집을 양쪽으로 둘러싼 관람석은 저 자식들을 때리고 싶으면 때릴 수도 있을 만큼 가까운데, 다들 아시다시피 우리가 그렇게는 못 하잖아요. 환장할 노릇입니다.

선생님에게서 시험 답안지 금고 열쇠를 뺏으려는 '발로쟈'와 아이들의 변명을 듣다 보면, 얼핏 이 갈등은 세대 차이에서 오는 문제처럼 보입니다. 이념과 규칙 안에서 살던 엘레나 선생님의 세대와 공산주의 경제가 무너지고 적자생존의 세계에 내쳐진 학생들 사이에 꽤 큰 가치관 차이가 있는 것도 사실이에요. 하지만 본질은 그게 아닙니다. 결말에 이르렀을 때 열쇠의 행방이, 이 사건은 그저 절대적인 도덕 기준상의 싸움이었음을 증명하거든요.

그렇다면 이 극은 위대한 도덕의 승리에 관한 이야기인가? 그것도 아닙니다. 엘레나와 학생들의  충돌은 그 과정에서 모든 등장인물의 목적과 자긍심, 존엄성 등을 무너뜨립니다. 이 싸움엔 승자도 없어요. 그저 성역도 절대 악도 없이 약하기만 한 인간을 날것으로 보여주는 참상일 뿐입니다. 그나마 '랄랴'의 마지막 외침엔 인간성을 향한 작은 희망이 담겨 있긴 하지만, 이미 늦어버린 깨달음은 누구에게도 아무런 위안이 되지 못합니다. 선생님과 소녀의 친구들, 그리고 관객에게도.

**연극 <템플>**

<템플>은 동물복지 가축 시설 설계로 미국 낙농업계에 큰 영향을 끼친 동물학자 템플 그랜딘의 자서전을 바탕으로 합니다. 유아기부터 고등학교 졸업에 이르기까지 주인공 '템플'이 자폐증을 딛고 성장한 일대기지요. 작품 소개를 보면 움직임과 몸짓을 적극적으로 활용하는 '신체 연극'이라는데, 좀 낯선 용어지요? 솔직히 저도 공부가 깊은 사람은 아니어서 이런 장르에 대해선 잘 모릅니다. 그래서 공연 전부터 바짝 긴장 타고 있었고요. 아니나 다를까, 첫인상은 생각했던 것만큼 난해했습니다. 무대를 휘감는 과장된 몸짓과 안무, 소리를 열심히 쫓아가면서 현대 미술 해석하듯 '저건 무슨 의미지?' '뭘 상징하는 걸까?' 열심히 생각해보지만 아무래도 어렵습니다. 마치 우리가 잘 모르는 자폐 스펙트럼 속의 템플처럼요. 그런데 그 형태와 소리가 템플의 눈에 보이는 세계, 혹은 그녀가 그리는 상상이 아닐까 싶은 생각이 드는 순간, 신기하게도 이게 이해가 가기 시작합니다. 그리고 템플이 자신만의 '천국의 문'을 찾았을 때, 우리 또한 기쁨이나 슬픔, 벅참 등 어떤 말로도 설명하기 힘든 감정까지 함께 느낄 수 있게 되지요. 템플의 표현을 빌리자면 정말 '기적 같은' 경험입니다.

극단에서는 저 같은 관객들이 이 신체 연극을 어렵게 생각할 걸 미리 의식했는지, 극 도입부에 배우들이 잠시 자기 배역을 내려놓고 작품에 대해 간단히 해설하거나, 템플의 마지막 졸업 연설 직전에 주제를 직설적으로 풀어주는 등의 도움 장치를 넣기도 했습니다. 근데 전 그게 꼭 필요하진 않겠다는 생각이 들었어요. 관객이 처음부터 온전히 템플의 세계를 이해하지 못해도 사실 큰 문제는 아닐 것 같거든요. 제가 느낀 <템플>의 매력은 관객이 템플 내면의 알쏭달쏭한 세계와 직접 부딪치면서 그녀를 이해해가는 경험에 있었고, 그 과정에서 마치 템플이 절 성장시키는 듯한 기분이 들어 행복했으니까요. 그러고 보니 템플의 엄마가 그랬었죠. 사랑이란 누군가 성장하길 바라는 거라고. 이제 이 체험이 왜 행복했는지 조금은 알겠습니다. 어쩌면 전 이 이야기를 통해 템플이 보낸 사랑을 받고 있었는지도 모릅니다.

**뮤지컬 <광주>**

제목에서 금방 알 수 있듯 이 작품은 1980년의 광주 민주화운동을 다루고 있습니다. 이걸 무슨 마음으로 만

들었고 또 어떤 각오로 연기하는지는 알겠는데, 프리뷰[1]에서 본 극의 만듦새는 아쉬움을 뛰어넘어 안타까울 지경입니다. 일단 주제 전달의 핵심인 광주 시민 측 인물들이 오히려 몰개성한 한 덩어리로 보입니다. 감당이 어려울 정도로 많은 인물을 배치하면서 각각의 이야기를 너무 얕게 판 것 같아요. 광주민주화운동은 그 자체로도 굉장히 비극적인 실화입니다. 사건은 가감 없이 실화대로 흘러가게 두면 되고, 대신 그 안의 사람 이야기에 묘사를 집중해야죠. 비슷하게 혁명 시대를 배경으로 한 <레 미제라블>의 'One Day More'는 왜 명장면이 되었을까요? 극 내내 각자의 이야기를 쌓아왔던 군상들이 비로소 혁명 전야라는 하나의 순간에 모여 부딪치고 터지는 정서가 있기 때문인데, <광주>의 군상엔 그런 시너지를 낼 만한 동력이 부족합니다.

그렇다고 관찰자인 주인공은 중심을 잡고 있느냐, 그것도 아닙니다. 주인공 '박한수'는 본래 보안사령부 편의대원이었다는 설정 때문에 공연 전부터 가해자 미화 논란에 휩싸였습니다. 광주를 향한 군부의 탄압이 시민군 반대편 입장에서 봐도 '아, 이건 좀 아니다.' 싶을 정

[1] 완성된 공연이 최초 공개되는 상연 극초반 기간. 제작진이 관객과 평단의 반응을 보고 작품을 수정하는 시기이기도 합니다. 이러한 특성상 프리뷰 기간에는 저렴한 가격에 표를 팔기도 합니다.

도였다고 말할 의도였다고 한다면 일단 이해는 해보겠는데요. 그러려면 박한수가 자기 임무를 포기하고 광주 시민 편에서 자신을 희생하기까지의 심경 변화에 관객이 이입되어야 합니다. 그런데 <광주>의 뮤지컬 넘버[2]는 박한수를 전혀 도와주지 못합니다. 음악으로 극을 어떻게든 화려하게 채우려고 애쓰는 바람에, 오히려 관객에겐 극의 정서 속으로 비집고 들어갈 틈이 모자라요. 하나 예를 들자면, 계엄군의 발포에 금남로의 함성이 멎어버리는 1막의 마지막 장면은 그저 절망적인 적막으로 끝내버렸어도 됩니다. 적어도 가슴이 웅장해지는 리프라이즈[3] 넘버를 굳이 끼워 넣을 필요는 없었다고 봅니다.

그래도 아쉬운 점만 있는 건 아니었습니다. 금남로에서 시민들이 무장 진압대와 맨몸으로 맞서거나, 마지막에 산 자가 떠난 이들을 추억하는 등, 가장 처절한 장면마다 오히려 축제 같은 연출이 나타나는데요. 정석대로 비장하게 꾸민 묘사보다 더 슬프고 감성적인 아이러니만큼은 인상적이었습니다. 그 외에 마음에 들었던 점은 제가 소설 주인공의 모델로 삼을 정도로 좋아하는 배우님께서 통기타를 잡고 멋있게 노래 부르는 장면이 나

[2] 뮤지컬에서, 극 중의 고조된 감정을 표현하기 위해 삽입되는 노래를 가리키는 용어.

[3] 앞에서 이미 등장했던 넘버에 변주를 가해 반복하는 기법.

온다는 것 정도? 아무튼, 이대로는 제작사의 희망대로 광주에서 이 작품을 올려도 좋은 평가를 받긴 어려울 듯 싶습니다.

**뮤지컬 <더 모먼트>**

몇 년 전 흥행했던 애니메이션 영화 <너의 이름은.>에 이과 감성을 좀 더 가미하면 이런 느낌일까요? 얼핏 포스터만 보고 미스터리 장르로 오해하는 경우도 종종 있는 모양이고, 사실 저도 그렇게 착각했거든요. 아니, 서로 초면인 세 명이 외딴 산장에 고립됐으면 당연히 밀실 살인 전개 아닙니까? 내가 추리소설을 너무 많이 봤나…. 하지만 이 극의 장르는 로맨스(물리). 양자역학과 다중우주 이론 사이에서 운명을 바꿀 방법을 찾아서 사랑하는 사람을 구하려는 이들의 얘기입니다. 잠깐, 거기 문과 인간들이여. 지레 겁먹지 마십시오. 과학 이론은 그저 거둘 뿐, 배경지식이 없어도 이야기를 이해하는 데엔 지장이 없습니다.

사실 극의 짜임은 약간 투박한 데가 있긴 합니다. 제가 본 날은 프리뷰 기간이었으니 본 공연 기간엔 수정되었겠지만, 그때는 유머와 진지한 장면을 넘나드는 전환 부분에서 가끔 매끄럽지 않은 데가 있었거든요. 하지만 딱 피아노와 바이올린 둘뿐인 단출한 라이브 앙상블이 무대에 의외로 큰 활력을 불어넣고, 음악이 한 공간에 모인 사내와 남자, 그리고 소년의 관계가 드러나는 지점까지 극을 끌어와서 흡인력을 최고점에 올려놓는 과정은 흥미로웠습니다. 젊은 창작자들이 작은 무대에 자기 방식대로 작은 세계를 펼쳐나가는, 어쩌면 정말 대학로다운 스타일의 뮤지컬이에요. 그리고 이런 극이 공연을 거듭하면서 완성도를 더해 하나의 레퍼토리로 정착한다면 좋…았겠지만 코로나 방역 단계 상향의 영향으로 공연이 예정보다 일찍 막을 내린 후, 설상가상으로 제작사까지 부도를 맞아 다시 볼 수 있을지 장담할 수 없게 되었다는 안타까운 후문. 하여간 그놈의 역병이 문제예요. 아이고 창작극 살려…….

**뮤지컬 <루드윅 : 베토벤 더 피아노>**

우리가 익히 아는 전설적인 작곡가 루드비히 판 베토벤의 삶을 다루고 있으나, 이 이야기는 대하드라마 '악성 베토벤'보다는 차라리 '괴팍한 귀머거리 루드윅 삼촌의 일생'에 가깝습니다. 그만큼 <루드윅>은 베토벤의 위대한 음악가로서의 면모보다는 신체와 성격상의 결점을 지녔던 그의 인간적인 모습에 초점을 맞추고 있습니다. 무대에는 여러 개의 거대한 액자 틀이 얽혀 극의 액자식 서술 구조를 암시하고, 주인공 '루드비히(혹은 루드윅)'은 한순간도 무대를 떠나지 않고 자신의 인생을 장면 단위로 곱씹습니다. 젊은 주인공이 대부분인 대학로 무대에선 이런 중•노년 주인공은 꽤 귀한데, 우리의 늙은 주인공은 사실상 <루드윅>의 전부나 다름없습니다. 전반적으로 어둡고 무거운 분위기의 극에 격정을 불어넣는 건 전적으로 루드비히의 광적인 카리스마거든요. 한편 루드비히와 함께 극을 이끌어가는 또 하나의 축인 '청년'. 이 배역은 극 전반부에선 루드비히와 마치 하나처럼 움직이고, 후반부에선 정반대에서 격렬하게 대립하며 시너지를 냅니다. 그만큼 제법 까다로운 배역이기에 원래는 비교적 젊으면서도 연기는 어느 정도 노련한 배우가 필요한데요. 그래서 신인급 배우들에겐 좀 버거웠을 수도 있습니다. 그런 쉽지 않은 도전을 해준 그들에게 일단 리스펙트.

이 극에서 특히 눈여겨보게 되는 요소는 작은 무대를 채우는 음악과 조명입니다. 소재가 소재인 만큼 이 뮤지컬에서 음악은 특히나 중요하지만, 베토벤이 창조

했던 거대한 교향곡의 세계를 그대로 펼치기엔 무대가 너무 작습니다. 그래서 <루드윅>은 인물의 감정을 따라 진동하는 피아노 한 대를 무대에 배치해서 바탕으로 삼고, 이에 다양한 소리와 빛을 조화시켜 영리하게 각색한 베토벤의 음악 세계를 보여줍니다. 여기서 조명은 소리를 시각적으로 형상화하면서 음악을 효과적으로 뒷받침해주고 있죠. 특히나 제겐 주인공의 장애를 나타낼 때 무대의 어둠을 가로지르던 한 줄기의 빛이 매우 인상적이었습니다. 이명을 겪어본 사람이 봐도 납득할 정도로 직관적이고 감각적인 표현이었거든요. 이렇듯 시각적인 요소도 잘 갖춰진 편이라, 베토벤의 음악을 자주 들어보지 않았던 관객도 볼 만한 작품입니다. 그러니까 클래식을 잘 몰라도 겁내진 마세요. 물론 관람객 본인이 클래식을 어느 정도 알고 있거나, 그런 친구와 함께 넘버 속에 숨어 있는 베토벤의 음악을 찾아볼 수 있다면 또 다른 재미를 맛볼 수 있을 겁니다.

**뮤지컬 <베어 더 뮤지컬>**

성 소수자 청소년들이 학교 사회에서 겪을 수 있는 어려움과 고민. 한 번쯤은 다 같이 생각해볼 만한 문제입니다. 하지만 글쎄요, 솔직히 전 이 작품 자체를 남들에게 선뜻 추천하기엔 어렵다고 느꼈습니다. 대본상의 인물 묘사가 불친절한 탓에 인물의 행동이 극단적으로 다가오는 부분도 없잖아 있고요, 또 의자 등의 특정 오브제에 의미를 과하게 담은 연출은 세련됨과는 거리가 먼 편입니다. 무엇보다도 명색이 소수자의 이야기를 담은 극이건만, 조연 캐릭터 중 중국계 여학생 다이앤 리에게 투영되는 인종차별적 묘사는 정말 보일 때마다 난감합니다. 왜 이 수치심은 관객인 나의 몫인가.

그나마 이 작품에 가치를 부여할 수 있는 한 줄의 대사가 있다면, 악몽 같은 사건이 모두를 휩쓸고 지나간 자리에서 '피터'가 그동안 주인공 커플을 압박해왔던 신부님에게 건넨 말 아닐까요.

"저는 신부님을 용서해요."

이 한마디에서 관객은 피터가 상처를 끌어안고 비극을 넘어서, 장차 세상이 가하는 차별과 폭력에 포용과 사랑으로 맞서는 어른으로 성장하리란 일말의 희망을 품을 수 있습니다. 어쩌면 차별금지법 제정의 문턱에 서 있는 이 사회를 어떤 태도로 맞이하면 좋을지, 이 메시지 안에서 그 실마리를 찾을 수도 있겠네요.

**뮤지컬 <블러디 사일런스 : 류진 더 뱀파이어 헌터>**

뭐라 표현할 말을 찾기가 어려운데, 대충 <록키 호러 쇼>[4]가 낳은 '달의 사생아'[5]같아요. 고등학교 사격 선수인 주인공이 잘생기고 착한 뱀파이어 남친을 지키기 위해 우연히 만난 구마사와 힘을 합쳐 나쁜 뱀파이어와 싸우는… 무슨 정신 나간 소리인가 싶겠지만 이게 진짜 줄거리 맞습니다. 이 작품은 <트와일라잇>과 같은 판타지 로맨스의 클리셰를 의도적으로 때려넣은 컬트물이거든요. 덕분에 현실성이나 개연성, 반전 따위를 머리 아프게 신경 쓰면서 볼 필요는 없습니다. 이걸 보면서 어떤 표정을 지을지 모르겠다 싶으면 그냥 웃으면 된다고 생각합니다.

다만 컬트 장르의 미덕(?)인 선 넘는 창의성이나 과감함은 다소 아쉽습니다. 주인공 '장류진'과 뱀파이어 소년 '김준홍'의 캐릭터가 좀 약해요. 원래 원전의 단순

[4] 장르 하나를 새로 만들어버린 전설적(으로 정신 나간) 작품. 이 뮤지컬을 원작으로 하여 만든 영화가 바로 그 유명한 <록키 호러 픽쳐 쇼>입니다. 이 영화를 시작으로, 사회적 규범이나 제도권 기준의 예술성에선 한참 벗어나 있음에도 광적인 마니아 층을 거느리는 작품을 가리키는 '컬트'란 용어가 생겨납니다.

[5] 2010년 대학로에서 초연했던 록 뮤지컬 <마마, 돈크라이>의 넘버 중 하나. <마마, 돈크라이>는 매드 사이언티스트와 마성의 뱀파이어와 타임머신의 쉽지 않은(?) 조합으로 10년 동안 꾸준히 마니아 관객들을 불러들였던, 살짝 컬트적인 성격의 2인극.

한 복제만으로는 패러디가 성립하기 어려운 법인데, 이 둘의 묘사는 인터넷 소설의 상투적인 감성을 넘지는 못했습니다. 그 탓인지 관람 중에 컬트적인 재미를 보는 대신 웃음 참기 챌린지와 항마력 테스트를 번갈아 하는 기분이 들 때가 종종 있습니다. 그나마 야매 구마사제 '최헌식'과 악당 뱀파이어 '생제르맹'은 주인공 커플보다 더 비틀긴 했습니다. 반헬싱 계열 캐릭터 특유의 폼은 함정이고 실상은 실속 없이 하찮다든지, 너무너무 무서운 최종 보스인데 자꾸 허당끼가 터진다든지. 두 등장인물이 관객들에게 큰 호응을 받는 것도 그 때문이 아닐까요. 제 생각엔 류진도 고통받는 정상인이나 완벽한 광년이, 둘 중 한 역할만 잡아서 확실히 비틀어도 좋을 것 같은데요. 게다가 이왕이면 일부 뻔하게 느껴지는 장면도 좀 더 과감하게 망가뜨렸으면 좋겠다는 소망이 있습니다. 이왕 컨셉을 잡았으면 확실하게 미쳐주시길 바랍니다.

**뮤지컬 <시데레우스>**

대학로 소극장에서 볼 수 있는 가장 화려한 쇼를 꼽자면 단연 <시데레우스>가 아닐까요? 이 이야기는 갈릴레오 갈릴레이의 실제 유품 중 수학자 요하네스 케플러의 편지, 그리고 수녀원에 있던 딸 버지니아와 주고받았던 편지를 바탕으로 만들어졌습니다. 실제 역사에선 갈릴레이가 케플러의 팬레터(?)를 죄다 씹었다는 게 정설이나, 만약 그 둘 사이에 숨겨진 교류가 있었고, 갈릴레이의 지동설도 케플러의 편지와 책에서 영향을 받아 싹튼 것이라면? 이 극은 이러한 가정을 재구성한 '<시데레우스 눈치우스'>[6]의 탄생기인데요. 내용 자체는 무공해 저자극 3인극입니다. 러브라인 없고요, 범죄 안 터집니다. 죽는 사람도 없습니다. 이 때문에 힐링이 된다거나 혹은 지루하다거나, 이야기에 대한 관객의 반응은 취향에 따라 다소 갈리는 편입니다.

하지만 그 와중에도 절대 호평을 받는 부분은 사실상 네 번째 배우라고 쳐도 무방할 무대의 존재감입니다. 유독 이 공연엔 앞줄 상석보다 무대 전체가 눈에 들어올 정도로 거리가 있는 2층 자리가 더 인기 있는 기현상이 있는데요. 극의 핵심 소재를 조명과 영상, 그리고 원형 무대를 써서 극장이 꽉 차도록 아름답게 펼쳐내는 게

[6] 갈릴레오 갈릴레이가 1610년 펴낸 종합 천문과학서. 점성술과 하등 차이가 없었던 이전 세대의 관념적인 천문 연구에서 벗어나, 망원경을 통해 우주를 직접 들여다보고 연구한 유럽 최초의 관측 천문학 저서입니다. 제목 'Sidereus Nuncius'는 라틴어로 '항성의 전령'이란 뜻이라는데, 그래서 <시데레우스>의 넘버에도 '별의 소식을 전하는 사람'이라는 가사가 자주 등장합니다.

<시데레우스>의 특장점이기 때문입니다. 특히 무대 가운데 자리 잡은 원형 보조 무대는 극 중에서 하늘과 별의 모습을 투사할 때 가장 많이 쓰이는데, 사실상 우주를 상징하는 구역이라고 볼 수 있습니다. 이미 심장 속 열정이 식어버린 나이의 '갈릴레이'와 반대로 열정만 앞세운 채 헤매는 젊은 학자 '케플러', 이단자의 딸과 성직자 사이의 딜레마에 서 있는 '마리아'는 각자 다른 공간, 혹은 같은 공간이더라도 엇갈린 시간에 존재하면서 원형 무대 바깥 자기 자리에서 각자의 이야기를 풀어나가는데요. 그러나 원형 무대에 두 명 이상의 인물이 같이 오를 때는 공간 또는 시간상으로 떨어져 있어도 마치 함께 있는 것처럼 교감합니다. 이처럼 <시데레우스>에서 우주는 단순한 소재 이상입니다. 시간과 공간을 초월해 모두를 연결하는 매개체죠. 그래서 우주를 통해 세 인물이 서로를 이해하는 과정에 주목한다면 무대에 펼쳐진 하늘도 더욱 아름답게 감상할 수 있습니다. 세 사람이 한 하늘 아래 모이는 마지막 장면에 이르면 관객의 가슴 속 감동도 반짝반짝한답니다.

### 3. 대본 속의 대본
### - 연극 <마우스피스> vs <데스트랩>

2018년. 여기 새로운 대본에 목을 매는 한 극작가가 있습니다. 그리고 40년 전, 역시 대본에 눈이 돌아간 사람이… 여긴 다섯 명이나 되는군요. <마우스피스>의 주인공 '리비'를 매료시킨 대본 '마우스피스', <데스트랩>의 '시드니' 일동을 미치게 만든 '데스트랩'……. 아니 잠깐만요, <마우스피스> 안에 '마우스피스'가 있고, <데스트랩> 안에도 '데스트랩'이 있고, 이것들 무슨 마트료시카야? 이번에 소개할 작품의 테마는 '대본 속의 대본'. 2018년에 초연된 연극 <마우스피스>와 1978년 작 <데스트랩>을 같이 살펴봅니다.

먼저 <데스트랩>의 극장부터 들어가봅시다. 작은 무대에 고풍스러운 서재 하나가 알차게 들어차 있군요. 타자기가 완비된 넉넉한 크기의 책상, 천장까지 닿는 책꽂이, 쓰레기가 된 원고는 바로바로 태울 수 있는 벽난로, 그리고 술이 고프면 바로 한잔 땡길 수 있는 미니바까지 갖춰놨습니다. 그런데 잠깐만, 객석에 앉을 때부터 신경 쓰이던 이 미묘한 이질감은 뭘까요? 다시 무대를 살펴보니, 방 벽면이 아주 장관입니다. 벽에 걸린 장식품이 죄다 총, 칼, 도끼, 창, 석궁, 철퇴, 수갑 따위라니. 서재인지 지하 감옥 고문실인지 아리송한 이 방의 주인은 시드니 브륄. 왕년에는 잘 나가던 스릴러 전문 극작가였답니다. 음, 그렇다면 그럴 수도 있지. 의열단 모티프로 소설을 쓰는 내 책상에도 김상옥 의사 피규어 하나쯤은 있는 거니까... 이런 식으로 이해해보려고 해도 브륄 선생의 소장품은 지나치게 압도적입니다. 이 정도면 진짜로 사람 죽여보고 스릴러를 쓰는 게 아닐까요? 혹시나 정말로 그러는지는 잠시 후에 확인해보는 걸로.

한편 <마우스피스>는 단순하고 무감각한 '벽'이 무대를 한 바퀴 싸고 관객석을 압박해오는 듯한 모습입니다. 벽은, 나무 널빤지로 만들었나? 바위나 벽돌? 둘 다 아닌 듯하고… 색과 질감은 콘크리트에 가까워 보이네요. 다시 보니 무대는 마치 공사장의 콘크리트 틀 같기도 합니다. 어떤 공간도 될 수 있으나, 아직 어떤 것이 되지는 못한 벽, 계단과 비탈. 그리고 무대 왼쪽 앞에 리비의 책상 하나. 연극 중간중간 의자나 침대 따위의 소품이 들락거리긴 하지만 기본적인 무대 구성 요소는 이게 답니다. 실제 사람이 쓰는 공간처럼 꽉 차 있던 <데스트랩>의 무대와는 정반대죠. 왜 이런 차이가 나는 걸까요? 연극을 보다 보면 가끔 암전 중에 무대 장치나 소품을 옮기면서 극 중 배경을 바꾸는 걸 보실 수도 있는데요, 만약 저 <데스트랩> 같이 복잡한 배경을 암전 중에 전환한다고 하면 정말 끔찍하겠죠. 무대와 소품을 세세하게 꾸며놨다는 건 웬만해선 절대 옮길 일이 없단 얘기이므로, <데스트랩>의 사건은 전부 시드니 브륄의 집 안에서 일어날 것이란 예측이 가능합니다. 반면 <마우스피스>의 추상적이고 간략한 무대 장치는 극 중 배경을 자주 바꾸며 표현하기 위한 것이며, 이 이야기가 <데스트랩>과는 정반대로 다양한 공간을 오가며 흘러가리란 것도 짐작할 수 있죠. 두 연극이 공연 시작 전부터 벌써 이렇게나 다르네요.

먼저 막이 오른 <데스트랩>부터 봅시다. 어느 날 시드니 브륄은 한 꾸러미의 문서를 받습니다. 제목은 '데스트랩'. 시드니에게서 예비 작가를 위한 세미나를 들었던 학생 클리포드 앤더슨의 습작 극본이죠. 자기 딴에는 첫 작품을 가장 좋아하는 대선배이자 스승에게 첨삭받고 싶다고 보냈으나, 그 대본엔 큰 문제가 있었으니... 바로 브륄이 손댈 필요도 없이 더럽게 잘 썼다는 것. 여기서 잠깐 시드니 브륄의 처지를 들여다보자면, 잘나가던 것도 옛날 얘기고 지금은 퇴물 취급 받으면서 시골에

처박힌 신세입니다. 마땅한 건수 없이 심장병 환자인 아내 마이라를 돌보느라 살림이 쪼들리고 있죠. 그런데 그 브륄 앞에 어느 날 금덩어리가 뚝 떨어졌고, 원주인은 그게 금인 줄도 모르는 상황. 시드니는 클리포드에게 전화를 걸어 직접 첨삭을 도와준다며 집으로 초대한 다음, 아내 앞에서만 넌지시 자기 속마음을 내비칩니다. 네가 쓴 그 대본, 그 대본이 내 것이었어야 해. 벽에 걸린 철퇴를 만지작거리는 남편의 불길한 손길에 마이라의 심장은 벌써 터질 지경입니다.

한편 <마우스피스>의 시작은 초장부터 살벌한 <데스트랩>에 비해선 그나마 낭만적입니다. 실패한 극작가로 고향에 돌아와 어머니 집에 얹혀사는 리비. 그리고 엄마의 애인이 가하는 폭력에 시달리고 엄마에게 보호받지 못한 채 거리를 떠도는 데클란. 두 사람은 현실 도피를 위해 찾은 솔즈베리 언덕에서 우연히 마주칩니다. 리비는 데클란이 끄적이던 그림에서 재능을 발견하자 그에게 손을 내밀고, 처음엔 무조건 가시만 세우던 데클란도 리비가 보여준 예술의 세계에 이끌립니다. 변화는 데클란뿐만 아니라 리비에게도 찾아옵니다. 그녀는 데클란의 재능을 가린 고단한 현실을 세상에 알림으로써 그와 자신 모두 지금보다 더 의미 있는 인생을 살 수 있으리라 믿습니다. 그리고 그동안 잊고 있었던 젊은 날의 창작열을 다시 불태우죠. 극본의 제목도 정했습니다. 데클란의 그림에서 딴 이름, 바로 '마우스피스'입니다. 일단 여기까지 보면 위기의 중년과 위기의 청소년이 서로를 구원하는 아름다운 이야기 같네요.

이제 양쪽 모두, 연극 제목과 같은 대본이 극 중에서 존재를 드러냈습니다. '연극 속의 연극'처럼 픽션 안에서 자기 장르를 스스로 다루는 형식을 '메타픽션'이라고 하는데요. <마우스피스>가 바로 이런 메타 연극에 해당합니다. 리비와 데클란의 이야기는 두 사람 사이에 실제로 있었던 일임과 동시에 리비가 쓰는 대본의 내용이기도 합니다. 극의 연출 또한 관객들이 이러한 사실을 직관적으로 알 수 있도록 돕습니다. 예를 들어 두 사람의 행동이나 독백 일부가 종종 글로 묘사되어 무대 벽에 떠오른다든지 또 리비는 플롯상 분기가 될 만한 지점마다 사건 밖으로 나와 희곡의 구조에 대해 논하기도 하는데, 이 독백 장면도 극의 메타적인 성격을 더욱 선명하게 드러냅니다.

반면 <데스트랩>은 극 중에 극본이 존재하긴 하지만 이것만으로 메타 연극이라고 볼 순 없습니다. 대본은 극중극 형식으로 연극 안에 펼쳐지거나 녹아들지 않고, 등장인물들도 극 중 작품의 내용과 형식을 구체적으로 논하지 않습니다. 시드니와 마이라 브륄 부부, 그리고 클리포드와의 대화 속에서 관객이 이 대본에 대해 알 수 있는 정보는 딱 다음뿐입니다. 제목은 데스트랩. 등장인물은 다섯 명. 이렇듯 1막의 대본 '데스트랩'의 역할은 그냥 소품에 한정되어 있습니다. 아 참, 솔직히 '그냥' 소품은 아니긴 하죠. 이것 때문에 시드니는 자꾸 무기 쪽으로 손이 가고, 대본을 향한 클리포드의 순수한 열망도 자꾸 상대방의 탐욕을 자극하며, 그 사이에서 마이라는 남편 시드니가 황금기를 되찾았으면 하는 욕망과 무고한 (데다 호감형이기까지 한) 학생 클리포드에 대한 죄책감을 동시에 쥔 채 흔들리니까요. 대본이 세 인물 사이를 오가면서 스트레스는 극의 긴장감과 함께 한계치로 치닫고, 펑! 결국 일은 터집니다. 그런데, 얼라리요? 상황이 전혀 생각지 못한 방향으로 폭발해버렸군요. 이 반전이 참 센데, 정말 센데… 스포일러 때문에 어떻게 설명할 방법이 없네.

1막의 끝을 맞이한 관객들의 경악은 뒤로 하고, <데스트랩>의 2막으로 들어가봅시다. 어쨌든 살인은 이미 벌어졌고, 남은 사람들은 과거를 잘 덮고 일상으로 돌아갑니다. 하지만 시드니가 공범이 몰래 쓰고 있던 문서

한 꾸러미를 발견하면서 평화도 끝장이 납니다. 제목은 '데스트랩', 그리고 극본의 내용은 시드니 브뤌이 저질렀던 완벽한 트릭의 살인 사건. 1막을 터트린 반전만큼 맵진 않지만, 이 2막의 섬세한 반전도 흥미롭습니다. 그저 내용 없는 소품으로 사라졌다고 생각했던 대본 '데스트랩'은 이제 1막의 이야기를 담고 2막에 다시 등장합니다. 그리고 시드니 브뤌은 세상에 공개될 '데스트랩' 때문에 인생이 끝날 위기를 맞았죠. 만약 운이 좋아 세상이 그 대본 속에 시드니의 죄가 담겨 있음을 모르고 지나간대도, 그는 평생 불안에 떨면서 살 게 분명합니다. 당연히 시드니는 공범에게 자길 감옥에 보낼 생각이냐며 펄펄 뜁니다. 그러나 공범은 자신의 창작욕과 명예욕을 동시에 채울 수 있는 대박 아이템을 포기할 생각이 없습니다. 시드니의 안위 또한 이미 안중에도 없습니다. 그는 극 중 요소를 가명과 가상의 지명 등으로 바꿔놓으면 들킬 일도 없다면서, 오히려 시드니의 약점을 잡고 극본 완성을 도울 것을 강요하죠. 그러자 시드니 브뤌은 속으로 두 번째 살인을 설계합니다. 과연 이 개싸움에서 살아남는 사람은 누구일까요? 그리고 '데스트랩'은 누구 손에 들어가게 될까요?

한편 <마우스피스> 쪽도 상황이 꼬이긴 마찬가지입

니다. 데클란은 리비와 함께 대본 작업을 하면서 '전부 다 좋아질 거야'라는 말을 가슴에 품지만, 엄마에게 버림받고 소중한 동생마저 잃는 등 그를 둘러싼 상황은 점점 나빠집니다. 그 와중에 데클란은 리비의 글 속 자기 자신이 최악의 결말을 맞는 걸 알게 되죠. 자신은 리비를 온 마음으로 의지했건만, 정작 그녀는 자신의 불행을 바라는 것 같다고 느끼자 배신감에 크게 화를 내는 데클란. 그러나 리비는 이건 실제가 아닌 극일 뿐이라고 합니다. 그리고 관객들이 그의 삶에 주목하게 하려면 반드시 이 결말이어야 한다고 고집합니다. 결국 두 사람의 관계는 깨지고, 리비는 데클란의 의사와 상관없이 혼자서 '마우스피스'를 무대극으로 제작합니다. 리비의 연극이 문제없이 올라갈지, 혼자 남은 진짜 데클란은 어떤 결말을 맞게 될지, 그건 끝까지 봐야 알겠지요. 다만 이쯤 되니 <마우스피스>에서 리비의 행동이 <데스트랩> 속 인물들과 본질적으로 무슨 차이가 있을까 싶은 의문이 남습니다. 물론 리비가 '마우스피스'를 쓴 의도는 좋았습니다. 자신의 글로 데클란에게 더 나은 삶을 가져다주고, 세상에 의미 있는 일을 하고 싶어서. 하지만 등장인물들이 창작 행위에 엮여 피해를 보는 결과는 <마우스피스>나 <데스트랩>이나 크게 다르지 않습니다. 데클란의 삶과 마음은 상처를 입었고, <데스트랩>은… 너무 강한 스포일러라 바로 말하긴 좀 그렇지만 이쪽도 어떤 의미로 삶이 망가지긴 마찬가지입니다. 보는 사람에 따라서는 시드니 일행보다 리비의 행동이 오히려 더 나쁘다고 느낄 수도 있겠는데요. 그나마 <데스트랩>의 악당들은 자신의 선택이 상대를 해칠 수 있음을 인식한 채 순수하게(?) 자기 욕망만을 추구합니다. 그러나 리비는 데클란의 고통을 자기 무대에 허락 없이 걸어놓고도 그게 문제임을 인식하지 못합니다. 그 연극은 이미 대단한 의미가 있는 예술로 포장되어 버렸기 때문입니다.

주인공들이 어떠한 사건을 거쳐 극 중 대본 속 인물과 동일화된 후, <마우스피스>와 <데스트랩>의 결말부에는 그들의 불행을 기대하고 또 열광하는 관객들이 기다립니다. <마우스피스>에서 엄마의 애인에게 맞아 다친 데클란은 그런 오빠를 걱정하는 어린 동생 '시안'을 달래느라, 얼굴에서 나는 피를 가짜라고 둘러대며 이런 말을 한 적이 있습니다.

"잘 만든 거라서 그래. 진짜처럼 보이는 가짜를 팔거든."

이 대사는 사람들이 예술이 현실의 모조품, 그러니

까 매우 진짜같이 만들어졌지만 가짜라는 걸 알고 있기에 안심하고 고통을 소비하고 있다는 사실을 빗댄 듯합니다. 하지만 그 잘 만든 가짜가 사실 가짜가 아니라면 어떻게 될까요? 우리는 2020년에 그 실제 사례를 본 적이 있습니다. 한 젊은작가상 수상자가 지인과의 실제 사적 대화를 작품에 무단 인용해 물의를 빚었던 사건, 기억하시나요? 가짜인 줄 알고 마음 놓고 엿보던 게 진짜 타인의 사생활이었음을 알았을 때 독자들은 매우 큰 거부감을 보였습니다. 작가와 출판사는 거듭 사과하며 해당 작품을 회수하고 나서야 겨우 논란을 진정시킬 수 있었지요. <데스트랩>과 <마우스피스> 두 작품 모두 결말에 씁쓸한 맛이 남는 것도 어쩌면 이와 비슷한 맥락일지도 모르겠습니다. 가짜라고 걸어놓은 저 연극들이 사실 박제한 진짜인 걸 우리 이미 알아버렸으니까요.

# 맺음말

이상명

<이터널 선샤인>이라는 영화를 좋아합니다. 원제는 Eternal Sunshine of the Spotless Mind입니다. 억지로 해석하자면 '티 없이 맑은 마음에 (비친) 영원한 햇빛' 정도 되지 않을까 합니다.

저는 이 영화를 극장에서 두 번 봤는데요, 처음 본 누군가는 소식이 끊어진 지 오래되었고 두 번째로 함께 본 누군가는 얼마 전 다른 사람의 아내가 되었네요.

사실 지나간 인연에 대한 리뷰를 하고 싶었는데 무슨 의미가 있나 싶어서 영화에 대해 이야기를 할까 합니다. 미셸 공드리는 뮤직비디오와 광고 영상 감독 출신으로 약간은 미흡한 이야기 전개를 감각적인 영상으로 blabla…

영화 리뷰도 무슨 소용이 있을까요? 사실 저는 영화 리뷰를 그다지 좋아하진 않아요. 볼 때마다 느낌이 달라지는 것을. 영화를 볼 때의 마음과 상황에 따라 혹은 함께 보는 사람에 따라 받아들이는 깊이가 달라지는 것을(다만 영화를 추천할 때는 어떤 상황에서 보더라도 최소한의 재미와 의미는 줄 수 있는 아이들을 추천하려고 노력합니다.) 짧은 몇 마디 문장으로 표현한 글들이 어떻게 모든 이야기를 담아낼 수 있을까요?

그래서 다른 리뷰할 거리를 찾다 보니 눈앞에 책이 보입니다. 무라카미 하루키의 신간 <무라카미 T>라는 책인데요, 이 책을 보니 저도 갑자기 제가 좋아하는 의류 브랜드를 리뷰할까 하는 생각이 듭니다. 어릴 때부터 옷에 관심이 많았던 저는 다양한 브랜드의 옷을 입어보고 또 실제로 구제 옷 가게를 하며 팔아보기도 했는데요, 당시만 해도 지금처럼 해외 직구가 성행하지 않던 시절이라 외국 브랜드의 구제 옷들이 꽤나 비싼 가격에 거래되곤 했습니다. 그런데 이 글을 쓰고 있는 지금 슬슬 배가 고파오네요.

그래서 저는 어제저녁에 먹은 키마커리에 대한 리뷰를 할까 하다가 오늘 저녁에 뭘 먹을지 떠올리며 '음식 리뷰는 다음에 써야지'라고 생각합니다.

77page

1st COLLECTION **사랑한 후에**

2nd COLLECTION **나를 채운 어떤 것**

3rd COLLECTION **이름 시**

4th COLLECTION **부치지 않은 편지**

5th COLLECTION **우연한 인연**

6th COLLECTION **언젠가 우리 다시**

7th COLLECTION **다시 보기**

PAGES 7th COLLECTION

# 다시 보기


물고기머리 오창석
구보라 정연의 정연
김나연 임발
김봉철 조민예
김수진 조혜림
김지선 최희지
김현경 홍유진



기획 **이상명**
교정/교열 **다미안** @damian_contigo
표지 사진 **김민제**
디자인 **김현경** @warmgrayandblue

펴낸곳 **77PAGE**
이메일 **77pagepress@gmail.com**
스마트스토어 **77page.com**
인스타그램 **@gaga77page**

초판 1쇄 발행 **2021년 8월 7일**




77page